Amore a Parigi

Amore a Parigi

ⓒ Seungkeun Rhee, 2025

초판 1쇄 발행 2025년 7월 22일

지은이	Seungkeun Rhee
펴낸이	이기봉
편집	좋은땅 편집팀
펴낸곳	도서출판 좋은땅
주소	서울특별시 마포구 양화로12길 26 지월드빌딩 (서교동 395-7)
전화	02)374-8616~7
팩스	02)374-8614
이메일	gworldbook@naver.com
홈페이지	www.g-world.co.kr

ISBN 979-11-388-4449-9 (03810)

- 가격은 뒤표지에 있습니다.
- 이 책은 저작권법에 의하여 보호를 받는 저작물이므로 무단 전재와 복제를 금합니다.
- 파본은 구입하신 서점에서 교환해 드립니다.

Amore a Parigi

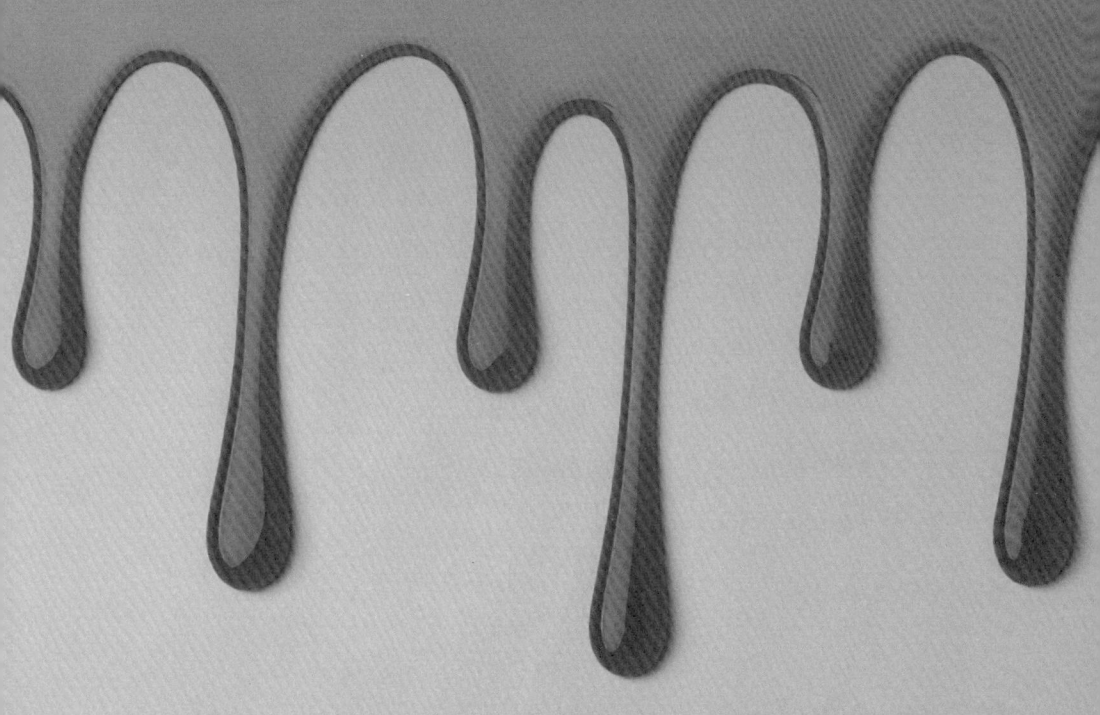

Seungkeun Rhee

좋은땅

Index

Poem

Part 1 ♦ Old Poems (2005 ~ 2008) 005

Part 2 ♦ New Poems (2009 ~ 2011/7) 011

Part 3 ♦ Translation Project (2009) 021

Part 4 ♦ Post Romanticism (2011/9 ~ 2012) 059

Part 5 ♦ The Final (2012 ~) 065

Novel

Part 6 ♦ Amore a Parigi (2025) 073

Part 1

Old Poems
(2005 ~ 2008)

나목

죽어 가고 있습니다
그대 곁에서
한 걸음도 못 디딘 채

임께서 떠나실 제
저를 위해 남겨 두신
그 소중한 그리움을 마셔 가며
천천히 죽어 가고 있습니다

열매도 맺지 못한 채
꽃도 피우지 못한 채
그대 곁에서 죽어 가고 있습니다…

그대여!
네잎클로버 한 아름을 꺾어 드렸지마는
임께선 어찌 그리움만 주시나이까!

사랑 한 모금을 주소서

촛불

촛불은 빛을 발한다
제 몸을 태워 가며
제 몸을 녹여 가며

그 빛을 감싸 주는
누군가가 있기에
빛에게 미소 짓는
누군가가 있기에

그 소중한 분을 위해
오늘도 그는 죽어 간다

햇살

창문을 사알짝 열면은
따스한 햇살이
차고 여린 것을 감싼다

햇살이 뭔지
무슨 색인지
도통 모르지마는

그 따스한 것을
사랑한다

태양

태양아
너는 파아란 하늘이
새까맣게 타 버리고
빛 한 오라기마저 도망가 버리는
그 암흑의 시대 조차에도
어디선가는 붉게 타오르고 있지 않은가!

제 몸마저 남김없이 태워 버리는
참으로 정열적인 것이여!

너는 내 마음이로다

그림자

네모난 프레임 저만치에
걸려 있는 동그란 알사탕
슬그머니 어둠 속에서 빛을 발하는데

하이얀 발광체 아래
달빛에 길게 드리워진
풋사랑의 그림자를 보았다

어둠이 감싸서인지
형체가 흐릿하다

하지만 그러한 암흑 속에서도
입가에 미소를 잃지 않은
불변의 탄 그림자
지금도 타고 있는 그의 마음이

소중한 아름다운 그것을
영원히 빛 발할 수 있게 하는
유일한 이유가 아닐까

Part 2

New Poems
(2009 ~ 2011/7)

구름

산 중턱에 걸려 있는
하이얀 추억 속에
내 마음 하나 담아 놓으니

구멍조차 생기지 않은 채 떨어지는
한 방울의 이슬
어느덧 너마저 멀어져 간다

구름 과자로 구름을 빚어 보건만
잡아도 곧 흩어지는
소중한 이의 분신

아…
두어 걸음 앞에 내가 있는데

아이스 카페라테

누군가를 그리게 되면
늘 주문하게 되는
시럽 없는 아이스 카페라테

쓰디쓴 맛, 향에
익숙함으로 가득 차 있기에
시럽 한 방울도 넣지 않은 채
여느 때처럼 잔을 비운다

갑자기 벨이 울린다
이별의 간주곡

어느새 비워진 자리
남겨진 빈 커피잔의
찬란한 슬픔 속
영혼에 맺힌 이슬

나의 카타르시스

현실주의자의 비애

얇은 책장을 넘기면
사랑의 환상에 빠져
마지막 로맨티시스트라 칭했던 자의
한없이 부끄러운 글귀들

오늘도 부드런 구슬 촉은
기다린다는 듯이
나를 빤히 쳐다보지만

그 검은 낱알들이 말하는
낭만주의적인 상상으로
채웠던 일상보다는
현실주의적인 사실로
보내는 하루이기에

공상 작가의 손에 잡힌 펜은
오늘도 녹슬어 가나 보다

In Cafe

은은한 조명 빛
아래 커피잔에
얼굴이 담겨 있다

막대기로 한 번 저으니
형체가 일그러져
알아볼 수도 없게 되었다

네가 쥐고 있는
스틱에 달린
영혼에 맺힌 이슬이

오늘도 커피잔을 적신다

In Cafe 2

할로겐 등 아래 골몰한 그림자
앞엔
커피 내음 두어 잔
옆엔
빈 의자 한 조각

곁엔
켜져 있는지도 모르는
가엾은 폰

빛을 발할 줄 모르는
하얀 폰 속 검은 액정에
그림자의 마음마저 그을린다

In Cafe 3 (사랑은…)

사랑은
아메리카노 한잔처럼
쓰디쓴 순수함

눈물과 따스한 노랫소리
한 자락 섞여도
그 향을 잃지 않는
너의 신비로움으로

21년간 얼어붙은 심장의 촉각을
따스히 녹여 줄 때가
한 걸음씩 다가오는지

차가운 바람 속
에스프레소 빛 아메리카노가
오늘따라 더 쓰기만 하다

우정이라 함은

우정이라 함은
사랑의 변주곡처럼 설레는 것 없이
그저 강물처럼 유유히 흘러가는 것

진정한 우정의 바다에 다다르기 위해서는
천천히
천천히

넓은 삼각주를 스쳐 가며
너울에 견디어 가며

염분에 동화되어
폭풍에도 동요되지 않고
비바람을 함께 맞아 가며
태양의 뜨고 짐을
함께 공유할 수 있는 것이

우정이자
진정한 친구라 할 수 있지 않을까

향수

영롱한 빗방울에 맺힌
그리운 풍경의 파노라마

입초 서 있는 곳 저만치
함안군 번화가 2차로를
분주하게 누비는 차들의
의미 없는 경적 소리

피로한 마음을 울리는
연약한 겨울 햇살

오로지 하얀 전등에 맺힌
빗방울만이 고요히 속삭이는
먼 벨의 깜박임처럼 아련한 대답
향수

Part 3

Translation Project
(2009)

다림질의 미학

다림질하는 모습을 지켜보다가
문득 이런 생각이 들었어

힘든 일상생활로 인해
구겨져 버린 너를

나의 따스함으로
다시 곧게 펴질 수 있도록
도울 수 있다면
얼마나 행복할지
언제쯤이면 가능할지

오늘도 너의 우울한 다이어리를 읽어서인지
구겨진 부분이 더욱 깊게만 느껴져

An aesthetic of ironing

Looking at the scene of ironing
Suddenly, I fell thought

If I could make you
Who ruined by harsh daily life
Proceed in happiness
With my heart,
How much I'll be happy
When it will be possible

As if it is because
I read your dark diary
I feel your crumple deeper

지우개

제 마음속의 지우개는
점점 마모되어 가고 있습니다

마음속에 새겨진
그대의 모습

지우려 해도
지우개만 닳아 갈 뿐
더욱더 깊게 새겨집니다

Eraser

An eraser in my heart
Is wearing away

Being carved in my blood,
It is hard to erase you, my love

Just poor naughty eraser
Is wearing away everyday
With chiseling your silhouette deeper

당신을 보내고야 말았습니다…

아… 보고야 말았습니다
그토록 보고 싶던
그토록 힘들게 했던
소중한 한 사람을

아… 보내고야 말았습니다
그토록 보고 싶던
그토록 힘들게 했던
소중한 한 사람을

그토록 보고 싶었는데
당신의 숙인 얼굴만 보고
그 쉬운 인사말 한마디 못 하고
당신을 보내고야 말았습니다

I let you go

Ah⋯ finally I encounter with you
Who have never forgotten,
Who have ever been hurt by me,
Invaluable person to me

Ah⋯ but I let you go
Who have always missed,
Who have ever troubled,
Precious person to me

Although I have been waiting for a long time,
Without saying the easy word 'good bye',
I have to satisfy by looking your face

나무도 모르는 사랑

"나무야
넌 타면 뭐가 남니?"
"재가 남지"
"나무야
내가 타면 뭐가 남는 줄 아니?"
"……"

한곳에만 서 있는
한곳만 볼 수 있는
곧은 나무마저도 모른다
내가 타고 나면은
그대를 향한 사랑만
영원히 남으리란 걸…

The love that trees do not know

"You, a tree. Which thing is left
When you burn out?"
"Ashes"

"So, do you know what is left
When I am in flames
For a long time?"
"……"

The tree which can stand in only one place
Which can see just one scene
Does not know

After my burning,
There will be love
Toward you, my love

바위

저는 그대 곁의 바위여요

임께서 저를 야단치셔도
아무 말도 못 하죠
임께서 저를 떠나셔도
잡을 수 없죠

제가 자신 있게
할 수 있는 거라면
곁에 머무는 것

그 소중한 것 하나뿐이죠…

Rock

I am a rock beside you

If you scold me
I cannot say anything

If you leave me
I cannot catch you

The only thing
That I can do well is
Staying in only one place,
The precious thing

달맞이꽃

온 세상이 어둠에 싸여
잠에 빠져들 때에도

달빛에 의존하며
화알짝 고개를 내민
한 송이의 달맞이꽃

그는 어둠을 좋아하여요
태양 앞에서는 수줍어
얼굴을 가리고 있어요

달 앞에서는 그리워
임을 생각하고 있지요

그는 당신을 위해 존재하고요
당신을 위해 꽃피우지요…

An evening primrose

Even as the whole world falls asleep
Wrapped with darkness,

There is a holiness,
An evening primrose
Which depends on moonshine
With its blossoms full

Wanting to avoid light
He hides his face in a day
With shyness with sun
He misses you
Beside the white moon

He exists only for you
And opens only for his love

내 마음

내 마음은
아지랑이가 되어
피어오르지요
그대 곁에서

내 마음을
살랑 부는 바람에
실어 보내지요
그대에게로

내 마음에
활짝 피어 있는
꽃 한 송이에게
살며시 여쭤 보지요
그대인가고

My mind

My mind becomes haze
And revives beside you

I let my mind loaded
In the still breeze
Proceeding to you

I ask softly to a flower
Blooming in my mind
"Is it you?"

노을

일생 마감하고 싶을 제
파아란 하늘이
빠알간 불바다가 된다

고운 태양은
부끄러워 숨어 버리고
하이얀 별들은
빼꼼히 고개를 내민다

사랑스런 별들이 있기에
사람들은 길을 잃지 않는다
희미한 희망을 품는다

아름다운 별들이 있기에
완전한 어둠은 없다
더 이상의 살생은 없다

An evening glow

When we are wanting the end
Blue sky becomes
Red sea of flames

The lovely sun full of shyness
Hides in this sweet room,
And white stars stretch out their face

As they exist beside people,
They do not lost
They get faint hope

No more darkness
No more suicide
Because of its beauty

돌멩이

그리워질 때면
푸우른 바닷소리가
고막을 간지럽힌다

바다로 달려가
돌멩이 하나
조심스레 던져 본다

오늘도 그분은 침묵한다

오오 바다여!
내 소중한 알알을
어디에 감추셨나이까

삼키셨거든
마음속에 고이 간직해 주소서!

A stone

As I miss you
Still sound of blue sea
Tickles my ear drum

Running to the sea
I throw a stone to her softly

She keeps silent as usual

Oh my extensive sea!
Where do you conceal
My priceless bead?

If you swallow it,
Let it stay in your mind

벚꽃 길을 거닐며

벚나무로 수놓인 길
홀로 외로이 거닐 제
벚나무가 하얀 손을 흔듭니다

벚꽃 내음이 바람에 실려
코끝을 간지럽힙니다

어느 소중한 인연인지
저만치에 있던 그대도
벚꽃의 향기처럼
내 마음속에 스며들었습니다.

그 하이얀 축복 아래서
하나 약속을 합니다

당신을 지키는
한 그루의
벚나무가 되겠다고…

Beside a cherry tree

Walking alone in the white road
Embroidered with cherry trees,
One tree waves her blossom

Its smell being loaded in the wind
Tickles my nose

Without knowing how precious affinity is,
You, standing over there,
Soak in my mind like a beautiful smell

I promise to myself
Under the white celebration

'I will be a cherry tree
That guards you'

가을의 한복판에서

노오란 부채 깃 아래에
홀로 우두커니 서 있노라면
짓궂은 은행 내음이
코끝을 간지럽힌다

그 냄새가 싫어
한 걸음
단풍나무에게 다가가니

부끄럼 잘 타는 그가
뭐가 그리 수줍은지
온통 붉게 물든 손으로
나를 반긴다

그들의 그늘 밑에 앉아
책을 하나 두울 넘기면
심술궂은 단풍이 심심한지

한 장도 넘기기도 전에
그만 읽고 함께 놀자고
빠알간 책갈피를
살며시 꽂아 놓는다

In the heart of fall

When standing alone
Under the yellow fans,
Insistent smell of ginkgo nuts
Ridicule my nose

Not wanting to smell it
I approach a maple at a time

Unexpectedly
It is delighted by my coming
With its red-dyed hand

As I read a book
Sitting near its shade,
Naughty maples keep their hand
Between the leaves of a book

비둘기

육중한 기계 소리에 휩싸여
눈먼 인간들의 발길에 차여
날개가 찢겨 날지 못하는 비둘기
우리 주위만 맴도네…

저어 비둘기 훠-ㄹ 훠-ㄹ
여전히 독불장군의 나라
아직은 순수한 나라

그곳으로 날아가
우리의 옛 따스함을
전해 주었으면 좋으련만…

금 궤짝에 갇혀
이미 앞도 보지 못하는
한때는 순수했던 비둘기

한라에서 백두까지
날아가기에는 너무나 멀구나…

Dove

Being wrapped with machine sound
Kicked from wicked human
Unable to take wing in a flock,
Poor doves
Just spin around us

Flying over the cease-fire line
A nation of self-assertion yet
A nation of purity yet
Much more give our old warmth to them

However
Temporarily full-blooded pigeons
Being shut in a box of gold
Unable to see
Even right in front of them

It's too far to fly
From Mt. Hanla to Mt. Baekdoo

나무

당신의 가지 하나하나가
바람에 꺾여 갈 때
나의 마음도 찢어질 듯 아픈 건
어느 운명의 장난일까요…

당신이 하이얀 달빛 아래
홀로 우두커니 서 있으면
또한 우울해지는 것은
어느 소중한 우연일까요

한참이나 고개를 갸웃거리다
'인연'이라는 한 단어의
아름다운 축복 아래

내 마음은
당신의 고운 그림자가 되었습니다

The tree

Whenever your branches are broken
Because of the wind
My mind become sore
Which naughty destiny makes it…

When I stand alone
In your bright white moonshine
My mind becomes gloomy
Which precious coincidence makes it…

Burying myself to think of you
Among the beautiful celebration
Of the word 'FATE',

My mind
Becomes your tender shadow

목표

한 과녁을 맞히기 위해
활시위를 당긴다

활이 당겨질수록
때론 화살이 흔들리기도
과녁이 보이지 않기도 한다.

하지만
활마저는 부러지지 않도록
아무 의심 없이
천천히…

포물선의 마침표에
과녁의 정중앙이 있을 수 있게…

Goal

To strike the middle of a target
We tug bowstring

As the string is hauled
Sometimes an arrow swings
And even we cannot see the target

However, take care
With no doubt
Not to brake the arrow

Eventually to make
A period of parabola
A middle of a target
Same

방황 속에서 길을 잃다

누군가가 이름을 묻기에
방황 속에서 생각하다
길을 잃고 말았습니다

침묵과 어둠은 주위를 감싸고
보일 듯 말 듯하던 북극성도
자취를 감추었습니다

길잡이별을 찾는 도중
꽃을 한 송이 꺾습니다
심장 위의 앞주머니에 꽂았습니다

Lost in wandering

As someone asked my name
I was lost in thinking beside wandering

Silence and darkness
Wrap the atmosphere
And the polar star hides
Without any trace

During finding one star of guide
I pick up a flower
And put her in my pocket of heart

식목일

이번에는 이상하게
예감이 좋아

태양의 빛깔과
녹음의 내음
꽃잎들의 손길들 모두가

씨앗을 심어 놓고서는
물도 주지 않고
비료만 주어서
말라 죽게 했던 날들이
이번의 디딤돌이 되었는지도 몰라

이제는 서두르지 않을래
모든 식물은
새싹부터 자라야 한다는 걸
깨달았으니깐

아직은 미숙해서
한 번도 잘 자라게 한 나무를
본 적 없지만

이번에는
Andante
Andante
이 단어로써
물을 주고

Happiness
Happiness
이 단어로써
비료를 줄래

April, 5

Strangely
I feel good this time

The beautiful color of sun,
Smells of shade of trees
And outstretched hands of blossoms
Make me more fresh

Maybe, a lot of days
That I only feed a fertilizer
Without water to a seed
That I plant in my mind
Affect as a step stone

I will not hurry this time
Because I realize all plants
Should grow slowly from a bud

So, I will water you as a word
Andante, andante

I will feed you as a word

Happiness, happiness

오늘도 되돌아가요

오늘도 되돌아가요
그대 바로 앞에서

두어 걸음 앞에 그대가 있는데…

한 걸음 다가갔지만
부끄러워
반걸음 물러섰어요

오늘도 실어 보내지요
저의 조그마한 마음을

제 마음 안에 그대가 계시는데…

살며시 다가갔지만
쑥스러워
새에게 실어 보냈습니다

Like yesterday

I also return to the original place
From right in front of you

You are two steps away from me
So, I go near you about one step left

However,
As I am too timid to catch you,
I stand back to you about half step

As usual, I load my tiny mind to you
Because I am sure you occupy my mind

Part 4

Post Romanticism
(2011/9 ~ 2012)

허수아비

저만치에서 덜 익은 벼가
바람에 흔들리고 있었습니다

벼가 무르익을 계절 즈음
이삭 한 알이 바람에 실려갑니다

넓은 밭 한복판에는
허수아비가 서 있었습니다

살랑 부는 바람에 담긴 알알이
허수아비의 왼쪽 가슴에 닿으니
낙엽이 흩날리는 계절인데도
어느새 꽃이 피기 시작했습니다

뿌리가 생각할 겨를도 없이
담쟁이 넝쿨처럼
그의 몸을 휘어 감았습니다.
두 팔을 힘껏 벌리면 닿을 듯한
그곳에 있는 남은 벼 이삭을 위해

참새가 이삭 대신 지푸라기를 앗아 가도
가만히 서 있습니다
비가 와서 온몸이 젖는다 해도
가만히 서 있습니다

지지대가 땅에 깊게 박혀
더 이상 다가갈 수 없는 것을 알지만
이삭을 지키려고
새들에게 지푸라기를 주기에

가을이 다가올 즈음이면
참새에게 모두 빼앗길
그 얼마 남지 않은 시간일지라도
저만치에서나마 지켜 주고 싶습니다.

고백

가끔은
이어폰에서 흘러나오는
아름다운 소리의 볼륨을
평소보다 높여 듣고 싶을 때가 있는 것은

삭막한 세상의 소리가
귓가에 스며들지 않게 하고 싶은
아주 사소한 소망 때문입니다

가끔은
저 먼 곳의 파란 하늘이
더없이 아름답게 느껴지다가
한없이 먼 것처럼 느껴져

점점 녹슬어 가는 구슬 촉으로
마음이 담긴 편지를 새에 실어
저 먼 하늘로 날려 보내고 싶은 것은

이어폰에서 늘 흘러나오는
그 사소한 음악보다
당신이라는 소중한 한 사람을
사랑하고 싶은
그 소중한 소망이 있는 까닭입니다

베이스 기타처럼

줄 하나하나에서 울려 퍼지는
고요한 중저음 멜로디

하지만 낮은 베이스음만으로는
나머지 고음 부분의 반쪽을 채우기엔
한없이 부족한 것이 사실입니다

인연이라는 필연 속에서 귀를 간질이는
어쿠스틱 기타 소리,
어딘가에 있을 다른 반쪽 그대

베이스 기타처럼
어딘가는 비어 있을
그대가 속삭이는
소프라노 빛 인생의 한 부분을
베이스로써 채워 주고 싶습니다

Part 5

The Final
(2012 ~)

지금 이 순간

지금보다 행복했던 순간이
문득 떠오르지 않는다면
함께하는 지금이
가장 행복한 순간일지도
모르겠어요

평생 아껴 주는 것만으로
영원보다 먼 곳까지
행복으로 채워 줄 수 있을까
걱정에 때론 잠기곤 하지만

다음이라는 설레임 덕분에
지금 이 순간보다
더 행복한 순간이 있을 것이라는
희망이 있다는 것은
그 얼마나 황홀한 축복일까요

그 축복 속에 문득 떠오르는
다음 생이 없다면 잔인할 것 같은 이유
이번 생에 그대를 만난 것

그대

오랫동안 준비한
설레는 계획이
한순간에 틀어져도

함께 하고 싶은 일들
전해 주고 싶은 말들
참 많은데,

하나도 하지 못한다고 해도
언제나 행복한 곳
그대

누군가를 행복하게 하는 것이
무엇보다 큰 기쁨이 될 수 있다는 것을
알게 해 준 그대를 위해
오늘도 시 한 잔과 행복을 작곡할게요

완치를 기념하며

때로는 화려한 가벼운 말로
기분 좋게 해 주고 싶을 때가 있어도

늘 길지 않게 조심히 한마디 전하며
변함없는 모습 전하려 하지요

아 어쩌면 벙어리가 더 낫겠어요

스쳐 가며 했던 사소한 한마디가
기분 나쁘게 들리지는 않았을지
걱정하지 않아도 되니까요

하지만 오늘만큼은 한마디 해야겠어요

수년간 고생한 당신,
고생 많았고
앞으로도 평생 아껴 줄게요

핸드 드립 커피

같은 커피잔에 담긴
비슷한 맛
비슷한 향
커피 두 잔이

지친 마음을 달래 준다

두 잔뿐이기에
커피가 식어 감에
커피 향에 스며드는
슬프게도 행복한 시간

한 모금 마시기 주저한다

늘 이렇게 행복할 수 있다면…

나무 2

한마디 건네기 전에
수십 번 고민해 보고

한 번의 행동 전에
신중하게 생각해 보고

한순간의 실수조차
수없이 되새겨 보는

함께하는 순간 순간이
존재의 이유임에 행복합니다

늘 아프기만 하는 그대라서
고민하는 모습조차 걱정되니
고민하지 말고
그냥 기댈 수 있는
변함없는 나무가 되겠습니다

클로버

네잎클로버의 꽃말은 행운입니다

세잎클로버의 꽃말은 행복입니다

수많은 사람들은
네 잎을 찾으며
행운을 바랄지라도,

늘 같은 자리에서
그대와 함께하는 순간들이
나에겐 소중한 세 잎입니다.

In cafe 4

그대의 손길이 담긴
커피에 취해
그대에 잠긴다

그대에 취해
커피 향을 마신다

그 향에 젖은 채
그대를 그리며 밤을 지샌다

짧고도 긴 찰나의 순간이지만,
메마른 길을
오늘도 한 발자국 나아갈 수 있게 하는
행복한 즐거움이다

Part 6

Amore a Parigi
(2025)

Amore a Parigi

안녕 언젠가…
인연이라면 다시 만날 수 있을 거야.
아무리 먼 곳에 있을지라도 우연 같은 필연으로 인해서…

　작년에 취직과 동시에 고액을 사기당해 빚더미에 앉은 후 대인기피증에 시달리다 목숨을 끊으려 하던 시기에, 삶에 부정적인 생각이 들 때마다 버킷리스트를 하나씩 늘려 가다 보면 삶에 대한 의지가 생길 것이라고 조언을 해 주었던, 1년 정도 사귄 여자친구와 헤어진 후, 2018년에 첫 버킷리스트인 '에펠탑 보기'를 이루기 위해 사직서를 내고 파리행 오픈 티켓을 무작정 예매했다. 1st 클래스를 예매했지만, 전산상의 오류로 일반석에 타야 했다.
　'한국은 떠날 때까지 이러네 역시 헬조선… 쳇…'
　29A 좌석은 비교적 찾기 쉬웠다. 다행히 창가 쪽 좌석이어서 사람들 사이에 끼어 앉지 않아도 돼서 좋았다.
　'옆에 아무도 앉지 않았으면…'
　하지만 출발 1분 남겨놓고 머리 긴 마른 여자가 탔다.

'이런… 혼자 생각 좀 하며 가고 싶었는데'

이제야 출발을 알리는 방송이 나오는 게 얄밉기도 했다.

"Please fasten your seat belt."

언제 돌아오게 될지 모르는 한국 땅이 유리창 너머에서 점점 작아져 간다. 한 삼십 분쯤 지났을까, 〈애널라이즈 디스〉라는 영화가 한 편이 시작되었다. 딱히 취향이 아니어서 맥주나 한 캔 마시고 자려고 스튜어디스가 오길 기다렸다.

옆자리에 앉은 여자는 이어폰을 끼고 열심히 무언가를 그리고 있었다. 노래를 어찌나 크게 듣던지 소리가 이어폰을 뚫고 흘러나왔다. 바라보는 시선을 의식하면 소리를 조금 줄일까 하고 쳐다봤는데, 문득 그 여자가 그린 그림이 눈에 들어왔다.

'내가 어릴 때 그렸던 캐릭터랑 닮았는데… 더 귀엽네?'

때마침 저만치서 스튜어디스가 음료수 및 주류 카트 같은 것을 끌고 오고 있었다.

"저기요 맥주 한 캔 주세요."

"네 여기 있습니다."

'이런… 프랑스 비행기인데 카스를 주네…'

옆자리 여자도 목이 말랐는지 스튜어디스에게 요청했다.

"저 와인 한 잔 주세요."

'아 혹시 저 와인… 프랑스 와인이려나? 이번엔 맥주 마시고 조금 있다가 와인 마셔 봐야겠다.'

맥주를 마시고 등을 기대니 어느새 잠이 들었다. 얼마나 지났을까, 눈을 떠보니 약 네 시간 정도 지나 있었다. 옆자리의 여자는 무언가를 그리다

말고 의자에 기대어 있었다. 다시 그림이 눈에 들어왔다.

'저 캐릭터도 한 손에 와인 잔을 들고 있네? 다른 한 손엔 치즈를… 와인 좋아하나?'

옆에서 심호흡하는 소리가 계속 들려서 쳐다보니 옆자리의 여자가 눈을 감은 채 식은땀을 흘리고 있었다.

"괜찮으세요? 뭐 물이라도 드릴까요?"

여자가 힘없는 목소리로 대답했다.

"네…"

마침 스튜어디스가 근처에 있었다.

"여기 물 좀 주세요."

물을 다 마신 뒤에 그 여자가 고맙다고 했다. 와인 한 잔 마시고 다시 자려고 했지만 혼자 와인 마시고 있으면 옆 여자도 또 시킬까 봐 그냥 눈 감고 잠을 청했다.

비행기가 난기류를 만나 심하게 흔들거리다가 다시 안정을 찾는 꿈을 꾸다가 깨 보니 어느새 비행기는 착륙을 준비하고 있었다. 그 여자는 내 어깨에 기대에 잠을 자고 있었는데, 깨웠다가는 또 힘들어할까 봐 그대로 놔뒀다.

여전히 밖으로 소리가 새어 나오는 이어폰에서 문득 낯익은 음악이 들렸다. Depapepe의 'Start'라는… 오랜만에 시상이 떠올라서 속 주머니에 있던 종이에 시 한 편을 적었다.

베이스 기타처럼

줄 하나하나에서 울려 퍼지는

고요한 중저음 멜로디

하지만 낮은 베이스음만으로는

나머지 고음 부분의 반쪽을 채우기엔

한없이 부족한 것이 사실입니다

인연이라는 필연 속에서 귀를 간질이는

어쿠스틱 기타 소리,

어딘가에 있을 다른 반쪽 그대

베이스 기타처럼

어딘가는 비어 있을

그대가 속삭이는

소프라노 빛 인생의 한 부분을

베이스로써 채워 주고 싶습니다

모처럼 만에 쓴 시치고는 마음에 들었다. 시를 쓰고 약 10분 정도가 지나자 안내 방송이 나왔다.

"곧 목적지인 파리에 도착하겠습니다."

프랑스 파리, 날씨 : 비

이어폰에서 흘러나오는 사소한 음악이

귓가에 맴돌면서

당신이라는 소중한 한 사람이

내 마음속에 스며들게 되었습니다

비행기에서 내리기 전에 새로 개통해서 로밍해 온 핸드폰을 켠 후 공항으로 들어갔다. 파리 공항은 생각보다 깨끗했고 짐 찾는 곳도 쉽게 찾을 수 있었다.

'조니워커 블루 세 병 샀는데 안 걸렸네…'

밖에는 가랑비가 오고 있었다. 다행히 묵을 호텔이 위치해 있는 Opera 역으로 가는 Roissy 버스 승강장에는 비를 가려 주는 구조물이 있었다.

버스를 기다리는 동안 인천공항에서 새로 개통해 온 핸드폰을 켜 보니 다행히 잘 작동했다. 십 년도 넘게 썼던 번호를 버리고 새롭게 쓰게 된 번호를 다시 한번 되뇌었다.

'010-○○○○-○○○○'

집에 놓고 온 전에 쓰던 핸드폰에 담긴 기억들은 점점 어렴풋이 희미해질 것이다.

어느덧 전광판에 4분 정도 뒤에 버스가 도착한다고 나와 있었다. 잠시 후 저만치에서 버스가 오는 것이 보였다. 신기하게도 보통 크기의 버스 2개가 이어져 있었다.

승객이 아무도 없어서 앞쪽에 캐리어를 놓고 앉았다. 버스가 막 출발하려고 할 때 한 명이 더 탔는데, 자세히 보니 옆자리 그 여자였다. 그 여자도 날 알아보고 살짝 고개 숙여 인사하며 뒤쪽으로 가서 앉았다.

　Opera 역 정류장까지는 1시간 정도 걸렸다. 내리려고 보니 비가 상당히 내리고 있었다. 같이 탔던 여자도 같은 곳에서 내렸는데, 우산이 없는 것 같았다. 우산이 하나 더 있었지만 잘 모르는 사이에 괜히 오지랖 부리는 것 같아서 그냥 예약했던 L'Horset Opera 호텔로 향했다. 다행히 몇 분 지나지 않아 호텔을 쉽게 발견할 수 있었다.

　호텔 엘리베이터에서부터 세월의 흔적이 물씬 느껴졌다. 방 내부는 4면이 악보 벽지로 되어 있었고 전반적인 인테리어 느낌이 상당히 마음에 들었다. 파리에서의 첫 밤을 그냥 보낼 수가 없어 룸서비스로 치즈 플레이트를 주문했다. 가격이 생각만큼 비싸지 않아 큰 기대는 하지 않았지만, 맛이 상당히 괜찮았다.

치즈 플레이트를 다 먹을 때 즈음 시계를 보니 아홉 시를 가리키고 있었다. 잠을 자기에는 아직 이른 시간이어서 지하철 노선도를 보니 에펠탑까지 거리가 멀지는 않았다. 마침 비가 그쳐서 에펠탑으로 가기로 했다.

거리에는 사람들이 그렇게 많지는 않았지만, 지하철 역에는 관광객처럼 보이는 사람들이 종종 눈에 띄었다. 에펠탑에 도착하니 늦은 시간임에도 불구하고 관광 명소답게 다양한 사람들이 보였다. 특히 커플들이 많이 보였는데, 나중에 평생을 함께하고 싶은 사람과 함께 다시 와야겠다고 다짐했다.

에펠탑 전망대까지 올라갈 수도 있었지만, 다음에 올라가기로 하고 다시 숙소로 돌아왔다. 막상 파리에 온 첫날 프랑스에서의 유일한 버킷리스트를 이루고 보니 허무함이 밀려왔다.

숙소 주변에 열려 있는 마트를 검색해 보니 근처에 한인마트가 있었다. 와인 한 병을 사서 마시는데 이상하게도 잔에 비치는 색깔이 비행기에서 옆자리 여자가 마셨던 와인과 비슷하다는 느낌이 들었다.

햇살에 눈을 떠보니 오후 2시가 지나고 있었다. 마땅히 하고 싶은 것이 떠오르지 않아 유럽 여행 관련 인터넷 카페에 가 보니 개선문 주변에 괜찮은 클럽이 있다고 해서 한번 가 보기로 했다.

파리 시내를 구경하다가 오후 6시쯤 클럽에 들어갔다. 이른 저녁이라 그런지 사람들이 거의 없었다. 바에 앉아 칵테일 한잔하면서 내일 일정을 짜다 보니 어느새 사람들이 북적거렸다. 시차 때문에 피곤해서 자리에 앉아서 분위기만 느끼고 싶었다.

클럽 음악과 칵테일을 즐긴 지 두 시간쯤 지났을까, 저만치에서 어디서 본 듯한 낯익은 얼굴이 눈에 띄었다. 비행기에서 옆자리에 앉았던 바로 그 여자였다.

낯선 곳에서 생각지도 못하게 다시 만나서 반가웠지만 붐비는 클럽에서 혼자 음악을 즐기는 듯해 보이는 그 여자에게 선뜻 먼저 다가가기가 어려웠다. 몇 분 정도 흘렀을까 그 여자도 목이 마른지 바 쪽으로 걸어왔다. 이번에는 주저하지 않고 일어나서 인사를 했다.

"어 안녕하세요."

그 여자는 피곤한지 아래를 쳐다보며 걸어오다가 외국인들이 거의 대부분인 파리 클럽에서 한국말이 들리자 다소 놀라는 눈치였다. 몇 번 두리번거리다가 눈이 마주치자 희미한 미소를 지으며 인사를 받아 줬다.

"아 안녕하세요."

"여기서 또 뵙네요."

"아 네…"

"제가 칵테일 하나 사 드려도 될까요?"

"아니에요. 괜찮아요. 그냥 맥주 마시려구요."

"네 알겠습니다. 좋은 시간 되세요."

"네…"

몸 상태가 별로 안 좋아 보이는데도 꽤 진해 보이는 흑맥주 한 병 들고 힘없이 멀어져 가는 뒷모습을 보고 다소 걱정이 되어 뒤따라가서 큰 소리로 부르니 그 여자가 뒤를 돌아봤다.

"저기요!! 숙소 위치가 저랑 비슷한 Opera 역 근처 같던데 혹시 있다가 가실 때 저 있으면 택시 타고 역까지 같이 가요."

"아 네…"

한 시간쯤 지났을까, 그 여자가 힘없이 걸어오더니 의자에 털썩 앉았다.

"괜찮으세요?"

말도 없이 고개만 끄덕이고 한 20분쯤 멍하니 앉아 있다가 속삭이듯 작은 목소리로 말했다.

"이제 그만… 가요…"

"네 알겠습니다."

'여기서는 술도 별로 안 마신 것 같은데, 숙소에서 이미 한잔하고 온 건가? 에휴 몸 상태도 안 좋은 것 같던데 어쩌려고…'

클럽 밖으로 그 여자를 조금 부축해서 나왔다. 개선문 바로 앞 거리인데도 늦은 시간이라 그런지 택시가 잘 잡히지 않아 기다리고 있는데, 몸 상태가 조금 괜찮아졌는지 살며시 인사하듯 고개를 숙이며 말했다.

"감사합니다."

"아니에요. 뭐 같은 방향인데요. 아 그런데 술 많이 드셨어요?"

"아니요… 몸 상태가 갑자기 안 좋아져서… 이젠 좀 나아졌어요."

"다행이네요, 혹시 Opera 역 근처에 괜찮은 와인 파는 곳 어딘지 아시나요? 그때 보니까 와인 많이 드시던데."

"음… 잘 모르겠어요. 친구가 여기 살고 있어서 며칠 여행 온 거라. 그리고 와인은 일 때문에 배워 가는 중이고 술은 위스키 좋아해요."

"어 혹시 조니워커 블루 드실래요? 인천공항에서 세 병 사 와서 어차피 한 병은 마셔야 돼서요."

"네 좋아요."

마침 택시가 저만치서 오고 있었다.

늦은 시간이라 그런지 지하철보다 훨씬 빨리 Opera 역에 도착했고, 이야기를 나누며 함께 걷다 보니 어느새 호텔 앞에 도착해 있었다.
"역에서 생각보다 그렇게 멀진 않네요."
"네 일부러 역에서 가까운 곳으로 잡았어요."
"호텔 로비가 깔끔하네요."
"음… 엘리베이터는 안 그렇더라구요."
3층에 있던 엘리베이터는 정말 느릿느릿하게 로비에 도착했다.
엘리베이터를 타자 그 여자가 피식 웃는다. 웃는 모습이 귀여웠다.
"와… 방 인테리어가 멋져요."
악보가 펼쳐진 인테리어가 마음에 들었는지 방긋 웃으며 감탄했다.
"네 저도 마음에 들더라구요. 혹시 배고프세요? 캐리어에 컵라면 몇 개 있는데."

그녀는 대답할 기운도 없는지 살짝 웃으며 고개를 끄덕였다. 비행기나 클럽에서보다 몸 상태가 좋아 보이는 것 같아 마음이 한결 놓였다.

"조니워커 블루 어떤 거 드실래요? 작은 병도 있고 큰 병도 있는데."

"작은 거 먼저 먹어요."

"네 그러죠. 혹시 전에도 이 양주 드셔 보셨어요?"

"아니요. 이건 처음이에요."

"아 그렇군요… 비행기 옆자리에서 만난 것도 인연인데 한잔하시죠."

"네 감사합니다."

그렇게 작은 한 병을 거의 말도 없이 잔만 부딪치며 마시다가 거의 다 비울 때쯤 그녀가 먼저 말을 꺼냈다.

"혹시 여긴 어떻게 오시게 된 거예요?"

뭐라고 대답해야 할지 망설여져서, 순간 머뭇거리다가 대답했다.

"회사 출장 때문에 왔습니다."

"아 그렇구나. 전 여행 왔어요"

"몇 박으로요?"

"2박 3일이요"

"그렇군요. 전 한 1년 정도 있을 예정입니다. 한국에선 어디 사세요?"

"대구 살아요"

"전 대전 사는데."

이런저런 대화를 하며 간단한 영어를 섞어 쓰는 모습이 귀여웠다. 작은 병을 비우고 다른 큰 병을 반 정도 마신 뒤 그녀가 피곤한지 먼저 꾸벅꾸벅 졸다가 침대에 누웠다. 시계를 보니 새벽 네 시를 가리키고 있었다.

먼 곳에서부터 비에 녹아 찾아온 인연
태양이 비출 때까지 그저 젖는 수밖에 없는 것 같습니다.

다음 날 아침, 거센 빗소리에 눈이 떠져서 시계를 보니 10시였다. 문득 클럽에서 핸드폰으로 온라인 사이트를 통해 11시에 루브르 박물관 가이드 투어를 신청했던 것이 생각났다.

"저기요, 저기요. 제가 늦어도 10시 반까지는 루브르 역에 가야 되는데…"
잠이 덜 깬 그녀가 부스스 일어나며 말했다.

"어제 너무 많이 마셨나 머리가 아프네요. 괜찮으세요?"

"그러게요. 저도 생각보다 많이 마셨네요."

"저 혹시 칫솔 있으세요?"

"음… 네 화장실에 있어요. 여분도 가지고 있으니까 필요하시면 쓰셔도 됩니다."

"네 감사합니다."

시간이 촉박한데도 긴 머리를 아무렇지 않다는 듯 능숙하게 묶으면서 여유롭게 양치질하는 그녀의 뒷모습이 이상하게 아련하게 느껴졌다. 조금 잠이 깬 듯한 그녀가 창밖을 보며 걱정스런 표정을 지으며 물었다.

"아… 혹시 밖에 비 오나요?"

"네 그런 것 같아요."

"저…우산이 없는데."

"두 개 있으니 하나 빌려 드릴게요."

"아니에요. 머무는 곳이 역 근처여서 역까지만 씌워 주셔도 될 것 같아요."

한 우산 속 그녀와 함께 역까지 걸어가는 약 7분간, 이름 모를 느낌이 들었다.

"조심히 가세요. 아프지 마시구요."

"네 덕분에 즐거웠어요. 혹시 연락처는…"

"음… 뭐 인연이라면 다음에 또 만나겠죠."
"네…"
그녀가 힘없이 꾸벅 인사하더니 뒤를 돌아 이슬비를 맞으며 천천히 길을 걷는다.

마음에 아직 여유가 없어서였을까, 그냥 한국에서 쓰던 예전 번호 정도는 알려 줘도 될 법한데 그냥 이렇게 그녀를 보내고 말았다. 이름도 모르는 그녀가 비를 맞으며 걸어가는 뒷모습만 잠시 멍하니 바라보다가 지하철역으로 내려갔다.

지하철을 기다리면서 어제 일들을 다시 떠올려 보았다. 비행기에서 옆자리, 같은 Opera 역 숙소, 그리고 개선문 근처의 같은 클럽…

나도 모르는 사이에 다시 계단을 올라가고 있었다. 하지만, 그녀가 가버린 길에는 다시 빗줄기가 거세진 비만 주룩주룩 내리고 있었다.

'그래. 인연이라면 다시 만나겠지…'

다시 지하철을 타러 가다가 시계를 보니 루브르 박물관 가이드 투어 시간까지는 도저히 못 갈 것 같아서 다시 숙소로 돌아왔다.

방에 들어오자 어제 마셨던 조니워커 블루 병들이 쓸쓸히 책상 위에 놓여 있었다. 옆에는 그녀가 남겨놓고 간 듯한 플라스틱 도장이 있었다. 세월의 흔적이 느껴질 만큼 곳곳에 갈라진 틈이 보였다. 한번 열어 보고 싶었지만 열었다가 다시 닫으면 틈이 더 깊어질까 봐 꾹 참았다.

'옛 추억이 담겨 있는 물건일 텐데 이걸 왜…'

다시 만나게 되면 꼭 돌려주리라 마음먹고 나머지 반 남은 양주를 마시고 다시 잠이 들었다.

Part 6 Amore a Parigi (2025)

다음날 루브르 박물관 투어를 다시 신청해서 갔는데, 가이드의 설명을 듣고 있자니 박물관보다는 거의 미술관 같은 불길한 느낌이 들었다. 결국 그 불길한 느낌은 적중했다. 미술에는 별다른 취미가 없어서 하루 만에 다 못 본다는 그 넓은 박물관을 몇 시간 만에 산책하듯이 훑어보고 나왔다. 역시 기억에 남는 것은 그렇게 많지 않았다. 모나리자 그림 앞에 사람들이 정말 많이 모여 있었는데, 책에서 그림으로만 보던 것을 직접 보니 조금 색다르기는 했지만, 그것뿐이었다.

호텔에 와서 방에서 창밖을 바라보며 냉장고에 있던 에비앙 생수를 마시고 있는데 어딘가 익숙한 실루엣이 호텔 앞에 서 있는 것을 보았다. 자세히 보니 바로 그녀였다.

오늘이 파리에서의 마지막 날인지 캐리어도 하나 끌고 있었다. 더 이상 지체할 수 없어 아래로 내려갔지만 안타깝게도 이미 그녀는 가 버린 뒤였다.

'혹시 공항에 가면 만날 수 있을까.'

프랑스에서의 버킷리스트도 이루었고 파리에서 정말 하고 싶은 것도 떠오르지 않아, 짐을 챙겨 공항으로 출발했다. 하지만 붐비는 파리 공항은 그녀를 찾기에 너무 넓었다.

'대구에서 와인 파는 레스토랑 중 유명한 곳에 그녀가 있겠지?'

한국 가는 항공편을 찾아보았다. 약 한 시간 반 뒤에 출발하는 비행기였는데 다행히 자리가 있었다. Opera 역에서 출발한 시간으로 비춰 봤을 때 혹시나 그녀가 이 비행기를 탔을까 싶어서 일단 그 비행기로 예약을 했다.

출국 심사를 마치고 나니 어느새 비행기 탑승 시간이 되었다.

'그녀가 과연 이 비행기를 타고 있으려나.'

짐을 자리에 놓고 다른 자리들도 찾아보았지만, 안타깝게도 그녀는 보이지 않았다.

아쉬운 마음으로 자리에 앉아 그녀가 그렸던 그림을 떠올려 보았는데, 문득 입가에 미소가 돌았다.

'왜 자꾸 웃음이 나는 거지? 얼마 만에 웃는 건지도 모르겠네.'

비행기는 곧 출발했다. 인천공항까지 갈 때까지 그녀를 생각하며 와인을 스튜어디스에게 세 잔 정도 부탁했다.

공항에서 산 이어폰으로 미리 핸드폰에 다운받아 놓았던 Depapepe 음악들을 들으면서 시 한 편을 써 내려갔다.

가끔은
이어폰에서 흘러나오는
아름다운 소리의 볼륨을
평소보다 높여 듣고 싶을 때가 있는 것은

삭막한 세상의 소리가
귓가에 스며들지 않게 하고 싶은
아주 사소한 소망 때문입니다

가끔은
저 먼 곳의 파란 하늘이
더없이 아름답게 느껴지다가
한없이 먼 것처럼 느껴져

점점 녹슬어 가는 구슬 촉으로
마음이 담긴 판지를 새에 실어
저 먼 하늘로 날려 보내고 싶은 것은

이어폰에서 늘 흘러나오는
그 사소한 음악보다
당신이라는 소중한 한 사람을
사랑하고 싶은
그 소중한 소망이 있는 까닭입니다

Part 6 Amore a Parigi (2025)

한국, 날씨 : 흐림
당신의 가지 하나하나가
바람에 꺾여 갈 때
나의 마음도 찢어질 듯 아픈 건
어느 운명의 장난일까요…

한참이나 고개를 갸웃거리다
'인연'이라는 한 단어의
아름다운 축복 아래

내 마음은
당신의 고운 그림자가 되었습니다
- 이승근 〈나무〉 中

'한국을 이렇게 빨리 다시 오게 될 줄이야.'

공항에서 대구까지는 꽤 멀어서 일단 대전에 있는 집에 들러서 짐을 놓고 가기로 했다. 혹시나 하는 마음에 공항 안을 이리저리 둘러봤지만, 그녀는 보이지 않았다.

대전역에서 집으로 가는 도중 피곤했는지 깜빡 졸아서 시청역에서 내려야 하는데 구암역까지 왔다. 이미 여기까지 온 김에 저녁 식사를 할 만한 곳이 있나 찾아보았는데, 역 바로 근처에 나폴리 피자 전문점이 있었다. 들어가니 어려 보이는 남자 직원이 반갑게 맞이했다.

"어서 오세요. 에드네틀라입니다."

인테리어를 보니 맥주와 와인도 어느 정도 파는 레스토랑 같았다. 음식 메뉴도 상당히 다양했고, 그중에 여덟 가지 정도 되는 피자가 눈길을 끌었다.

"저 혹시 피자 어떤 게 맛있나요?"

"저흰 다 맛있습니다."

"아… 그럼 마리나라는 피자 하나 주세요."

"마리나라는 도우에 치즈 토핑 없이 토마토소스만 올라가는데 괜찮으신가요?"

"네~"

남자 직원이 친절하게 주문을 받아 줬다.

주류 메뉴판을 보니 수십 가지의 와인뿐만 아니라 맥주 종류도 다양했다.

'대전에 이런 곳이 있다니 자주 와야겠네.'

특이하게 생긴 마리나라 피자도 상당히 맛있었다.

집에 돌아와서 놓고 갔던 핸드폰을 켰다. 전 여자친구한테서 전화 몇 통이 와 있는 것이 전부였다.

그녀를 찾기 위해서 어떻게 할지 고민하다 보니 며칠이 훌쩍 흘러갔다. 우선 대구에 가서 며칠 동안 소문난 와인샵이나 레스토랑도 몇 군데 가 보았지만 다 허탕이었다.

'피자와 와인 한 잔 마시며 한번 생각해 볼까?'

돌아오는 길에 다시 그 피자집을 향해 갔다. 와인을 마시면서 그녀의 기억을 떠올리며 어떻게 하면 그녀를 찾을 수 있을지 생각해 보기 위해.

"어서 오세요. 에드네틀라입니다."

문을 열자 전에는 못 봤던 다른 여자 직원이 반갑게 맞아 주었다.

'새로 온 직원인가?'

얼굴을 보니 파리에서의 그녀와 너무 닮아서 잠시 말을 잃고 있다가 그 여자 직원과 눈이 마주쳤다. 그 여자는 가만히 서 있는 내게 정적을 깨고 말을 걸었다.

"주문하실 건가요?"

"저 마리나라 피자 하나 주세요."

"죄송합니다. 지금은 브레이크 타임이라 피자와 파스타는 안 됩니다."

"아 그럼 메뉴판 좀 볼게요. 음… North Island IPA 한 잔이랑 파니니 제일 잘 나가는 걸로 하나 주세요."

"네 알겠습니다."

자리에 앉아서 여자 직원을 바라보며 멍하니 있다 보니 그 직원이 파니니를 갖고 왔다.

"맛있게 드세요."

"네 감사합니다."

한국에서는 처음 먹는 파니니인데 꽤 맛있는 것 같았다. 배고팠는지 금세 다 먹었다.

"저기 계산해 주세요."

"네 음식은 맛있으셨나요?"

"네 맛있네요. 감사합니다."

집으로 돌아가며 아무리 생각해 봐도 목소리나 말투뿐만 아니라 전체적인 분위기로 봤을 때, 파리의 그녀가 아닐 수가 없었다.

'왜 날 못 알아보는 거지? 아직 파리에 있을 것이라고 생각하는 건가? 아니면 정말 그 사람이 아닌가? 다음에는 꼭 물어봐야지…'

침대에 누워 이런저런 생각을 하다 보니 어느새 새벽 2시가 지나고 있었다. 그때 갑자기 전화벨 소리가 들렸다. 전 여자친구였다. 받기 싫었지만 계속 전화할 것이 분명해서 받았다.

"우리 다시 만날래?"

"아니, 첫 버킷리스트 이루려고 파리에 갔었는데, 거기서 한번 만나 보고 싶은 사람이 생겼어."

"그렇구나… 알겠어."

한 번쯤 다시 전화가 올 줄은 알고 있었지만, 이렇게 쉽게 마무리될 줄은 몰랐다. 집에 찾아보니 오래된 이탈리아산 레드 와인 한 병이 찬장에 있었다. 비행기 옆자리에서 레드 와인을 마시던 그녀를 생각하며, 와인 한 병을 비우고 잠이 들었다.

아침에 눈을 떠 보니 전 여자친구에게 몇 통의 전화가 더 와 있었다.

'어쩐지 너무 쉽게 끝낸 것 같더라.'

전화를 하니 바로 받았다.

"왜 또 전화했어?"

"잠깐 만날래?"

"아니 우리 헤어졌잖아 이제 좀 그만하자."

"사실 나 임신했어."

"…"

한동안 말을 잇지 못했다. 이 무슨 운명의 장난이란 말인가…

가까스로 정신을 차리고 말했다.

"그래 잠깐 보자. 어디서 볼까?"

"구암역 1번 출구에서 나와서 쭉 걸어가다가 횡단보도 건너지 말고 좌

측으로 돌아서 조금 가다 보면 에드네틀라라는 가게 있어. 거기서 한 시간 뒤에 보자."

"… 그래."

순간 놀라서 할 말을 잊었다가 간신히 대답했다.

나만의 아지트 같은 장소에서 전 여자친구를 만나야 한다는 것 자체가 고통이었다. 입구에서 보니 저만치에 전 여자친구가 미리 와서 창가 자리에 앉아 있는 모습이 보였다.

들어가니 전에 봤었던 남자 직원이 반갑게 맞아 주었다.

"어서오세요. 에드네틀라입니다. 혼자 오셨나요?"

"아니요, 저기 일행이 있어요."

"네 알겠습니다."

그 여자 직원은 오늘 휴무인지 보이지 않았다.

전 여자친구가 있는 곳으로 가서 앉았다.

전 여자친구가 먼저 말을 꺼냈다.

"잘 지냈어? 파리는 어땠어?"

"뭐 그냥…"

"나도 임신했다는 사실을 알고 많이 당황했어."

"언제 알게 된 거야?"

"너랑 헤어지고 나서 2주 정도 뒤에."

'아 그랬구나… 이제 어떻게 할까?'

"어떻게 하긴 낳아야지."

"하… 그래."

"회사로 가서 얘기 좀 할까?"

"오늘은 내가 너무 힘들어서 내일 회사로 갈게."

"그래 내일 보자."

전 여자친구네 회사는 갈 때마다 느끼지만 참 직원들이 불쌍하다. 열심히 일하는 것이 성공적인 종교 생활의 일부라는 미명하에 최저시급도 못 받으며 일하는데도, 사장은 늘 매출액이 부족하다고 일거리를 더 늘릴 궁리만 한다.

대학교 4학년 때 잠시 아르바이트를 하다가 만나게 된 전 여자친구와 사귀게 되어 바쁜 일이 있을 때 그 회사에서 계속 아르바이트를 하면서 조금씩 알게 된 문제점들이 전 여자친구와 나의 사이를 더욱 멀어지게 만들었고 결국 헤어지게 했는지도 모른다.

어느덧 문 앞에 도착해 전화를 걸었다.

"나 거의 도착했어."

"문 열려 있으니까 열고 들어와."

"알겠어."

다행히 안에는 전 여자친구 혼자밖에 없었다. 잠시 침묵 끝에 전 여자친구가 먼저 말을 꺼냈다.

"회사 사람들이랑 얘기해 봤는데 그냥 낳아야 할 것 같아."

"하… 그래."

"결혼 날짜는 사장님이 정해 주신다고 하시네."

"뭐? 그걸 말이라고 해? 결혼 날짜는 우리가 정해야지."

"그게 안 된다는 걸 잘 알잖아."

"아니 그래도 이건 아니지, 그냥 애기 지우면 안 될까?"

"어떻게 그렇게 말을 쉽게 해?"

"그럼 사장이 우리 결혼 날짜를 정하는 게 말이 된다고 생각해? 됐어, 네 회사 일로 싸우게 되면 항상 이렇게 끝이 안 나. 서로 일주일만 더 생각해 보자."

오늘은 답답한 속을 뚫어 줄 시원한 뉴잉글랜드 스타일 IPA가 생각나서 에드네틀라를 찾았다. 오늘도 역시 여자 직원은 보이지 않고 그 남자 직원만 있었다.

"어서 오세요. 에드네틀라입니다."

자리에 앉아 여느 때처럼 주문했다.

"마리나라 피자랑 North Island IPA 하나 주세요."

남자 직원이 맥주 먼저 갖다줬다.

"저 혹시 낮에 근무하시던 여자 분 그만두셨나요?"

"아 점장님이요?"

'아 점장이구나… 어려 보였는데 대단하네.'

"네."

"점장님 아프셔서 며칠 쉬실 것 같아요. 저녁에 잠깐 나오시기는 할 텐데…"

"어디가 아프시대요? 많이 안 좋으신가요?"

"그건 저도 잘…"

"아 알겠습니다. 그럼 그쪽은 그냥 직원이신 건가요?"

"아 네 그렇죠. 뭐, 매니저라고 불러 주시면 감사하겠습니다."

"네 알겠습니다."

원래대로라면 맛있고 달게 느껴졌을 맥주가 오늘따라 쓰게 느껴졌다.

'어디가 아픈 걸까? 그만두지는 않겠지? 다시 볼 기회는 있겠지?'

모처럼 만에 파리행 비행기에서의 기억을 추억하며 와인 한 병 주문하기로 했다.

"매니저님 혹시 와인 추천 좀 부탁드려도 될까요?"

"오… 와인도 좋아하시나요?"

"그냥 가족 모임 있을 때 가끔 먹어요. 떫은맛이 좀 약한 거 좋아해요."

"네 그럼 탄닌감 적고 가볍게 드실 레드 와인 추천드릴게요. 취향을 좀 타기는 하지만 피노 누아 품종으로 만든 프랑스 와인이 있습니다."

"네 한번 그걸로 줘 보세요."

"네 조금만 기다려 주세요."

매니저가 와인을 가지러 간 사이 메뉴판을 보니 가격대가 어느 정도 있었다.

"테이스팅 도와 드릴까요?"

"그게 뭔가요?"

"오픈해 드린 다음 드시기 전에 와인 상태가 괜찮은 것인지 확인하는 겁니다."

"아뇨 그냥 따라 주세요. 그런데, 프랑스 와인이 보통 다 비싼가요? 파리 마트에서 보니깐 싼 것도 많던데…"

"아 프랑스 다녀오셨어요?"

"네 며칠 전에요."

"어? 점장님도 며칠 전에 프랑스 잠깐 다녀오셨는데."

"아 그래요?"

역시 내 짐작이 맞은 것 같았다. 하지만, 파리에서 돌아온 지 한 달도 채 지나지 않은 지금은 한국에서 임신 중인 전 여자친구와의 불투명한 앞날이 기다리고 있을 뿐이었다.

'젠장, 운명의 장난이란 참…'

와인 잔에 비친 내 얼굴이 참 슬퍼 보였다. 그 마음을 아는 듯 와인 잔에 흐르는 와인의 눈물이 조명 빛을 받아 영롱히 빛나고 있었다.

와인 마지막 한 잔을 마시고 있는데 옆에서 희미한 목소리가 들린다.

"안녕하세요… 오늘도 마리나라 드시네요…"

익숙한 목소리에 옆을 쳐다보니 그녀였다.

"안녕하세요. 몸은 좀 어떠세요? 아프시다던데."

"조금 나아졌어요…"

"다행이네요, 어디가 아프신 거예요?"

"그냥 몸이 좀 안 좋네요."

"에고 며칠 더 쉬시지."

"괜찮아요… 와인 드시네요?"

"네 가끔씩 생각날 때가 있더라구요."

"그러시구나… 다음 주에 매장에서 와인 메이커스 디너가 있는데 혹시 관심 있으신가요?"

"그건 뭔가요? 처음 들어 보는데"

"저녁 먹으면서 여러 종류 와인 시음하신다고 생각하시면 될 것 같아요."

"좋네요. 다음 주에 올게요."

"알겠습니다. 제가 따로 연락드릴게요."

"감사합니다. 제가 명함 드릴게요. 연락 주세요."

"네, 그럼 이만 전 일하러."

"네, 힘내세요."

그녀의 힘없는 모습이 안쓰러워 보였다. 마지막 잔을 비우고 자리를 나섰다.

집에 도착해 침대에 누우니 만감이 교차했다. 파리에 가서 첫 버킷리스트를 이루고, 파리에서의 인연을 한국에서 다시 만난 후 전 여자친구의 임신 소식… 짧은 시간 동안 정말 많은 일들이 일어났다.

'참 평범하게 살기 어렵네.'

아직 정리하지 못한 캐리어에 있을 그녀의 도장이 문득 떠올랐다. 도장 색깔이 눈에 띄는 형광색이라 금방 찾을 수 있었다.

'꽤 오래된 도장 같은데…무슨 도장일까? 한번 열어 봐야겠다.'

도장 뚜껑에 있는 갈라진 틈이 더 깊숙하게 보였지만, 망설이지 않고 열었다.

도장에는 이름이 새겨져 있었다.

'김효정'

"그녀 이름인가?"

그때 카톡이 울렸다.

'승훈 씨 안녕하세요. 에드네틀라 점장 김효정입니다. 말씀드렸던 다음 주 와인 메이커스 디너에 대한 자세한 공지가 나와서 연락드립니다. PDF 파일 보내 드릴게요.'

'감사합니다.'

'좋은 디너 자리 되도록 ㅎㅎ 준비하겠습니다.'

'네 다음 주에 뵙겠습니다.'

혼잣말이 은연중에 나왔다.

"역시 맞네… 이런 운명의 장난이 또 있을까?"

도장을 살살 닫아 책상 서랍에 넣어놓은 뒤 잠이 들었다.

잠에서 깨니 전 여자친구한테 1주일 만에 카톡이 와 있었다.
'사장님이 우리 부모님께 인사드리고 오라던데 언제 시간 괜찮아?'
'오늘도 상관없어.'
'그럼 이따가 오후 한 시쯤 정부청사 앞 고속버스 정류장에서 볼까?'
'그래.'
다시 자리에 누워서 파리의 그녀를 생각하며 뒹굴거리다 보니 열두 시 반이 다 되어 집을 나섰다.
버스 정류장에 다다랐을 때 저만치에 서 있는 전 여자친구가 보였다. 전 여자친구도 나를 알아보았는지 이쪽으로 걸어왔다. 또 무슨 불길한 얘기를 먼저 꺼낼 것 같아서 퉁명스럽게 먼저 말을 걸었다.
"부모님께는 오늘 간다고 말씀드렸어?"
"아니 아직, 그것보다 먼저 할 말이 있어."
"뭔데?"
"나 유산했어. 그래도 사장님이 결혼하래."
"그 사장은 자기가 뭔데 이래라 저래라 하는 거야? 그럼 이제 깔끔히 정리하면 되겠네."
"정말 그래야겠어?"
"응. 이대로는 도저히 안 될 것 같아."
"음… 사장님께 말씀드릴게."
"그러든지 말든지, 그럼 갈게."
전 여자친구가 흐느끼며 우는 것을 뒤로한 채 돌아섰다.
'효정 씨 보러 가야지. 거의 확실하지만, 이번엔 꼭 물어볼 거야.'
에드네틀라 가는 지름길인 월평동 이마트 트레이더스 부근 골목길에서 뒤에 있던 스타렉스가 내 차를 살짝 박았다. 백미러로 멈춘 뒤차의 번호판을 보니 무언가 익숙한 번호였다. 기억을 더듬어 보니 전 여자친구가 다니는 회사 사장이 모는 차량이었다.

그 사장과 전 여자친구가 차에서 내리는 모습을 보고, 당황하여 엑셀을 밟았다. 우회전해서 어느 빌딩의 지하 주차장 안으로 들어갔는데, 누군가가 주차장 맨 끝 쪽에 있는 기계식 주차장에서 차를 꺼내려는 듯이 번호를 누르고 있었고, 마침 문이 닫히려고 하고 있었다.

얼른 엑셀을 밟아 안으로 들어갔다. 급하게 들어가는 바람에 타이어 옆 부분이 철판에 긁히는 느낌이 들었지만, 다행히 문은 그대로 닫혔.

뒤쪽을 보니 뒤따라온 스타렉스에서 사장이 내려서 주위를 두리번거리며 이쪽으로 오는 것이 기계식 주차장 문의 조그만 유리창 너머로 보였다.

아래로 내려가는 느낌이 들었다. 덜컹 소리가 나며 멈추고 나서 어둠 속으로 한 칸 한 칸씩 들어갔다.

얼른 차에서 내렸다. 한 칸 한 칸 옮겨 가며 문이 열려 있는 차를 찾았다. 두 칸 옆에서 문이 열려 있는 흰색 소형 SUV를 발견하고 뒷좌석으로 들어갔다. 계속 어둠 속으로 들어가다가 위쪽으로 올라가는 느낌이 들었다. 위 칸으로 이동한 후 들어온 방향으로 다시 이동하는 것 같았다. 환한 빛이 보이는 쪽으로 한 다섯 칸쯤 이동했을까. 멈추고 위쪽으로 한 칸 더 올라가서 멈추더니 기계식 주차장 문이 열리는 소리가 들렸다.

가까운 곳에서 전 여자친구 회사 사장 목소리가 들렸다.

"이놈 어디 갔어? 이쪽으로 들어간 것 같은데."

누군가의 발걸음 소리가 점점 가까워졌다. 운전석 뒤쪽으로 가서 웅크렸다.

'들킨 건가…'

앞문이 열리고 누군가가 탔다. 시동을 거는 걸 보니 이 차 주인 같았다. 차가 지하 주차장을 완전히 벗어난 걸 느끼고 나서야 안심이 되었다. 혹시 사고가 날 수도 있기에 빨간불에 완전히 정차하고 나서 운전석 쪽으로 조심스럽게 작은 목소리로 말을 건넸다.

"저… 안녕하세요."

"아이고, 깜짝이야. 누구세요?"

"아까 지하 주차장에서요. 기계 옆에서 소리친 사람이 저를 잡아가려고 해서 차에서 나와서 여기 숨어 있었어요. 죄송합니다."

"아이고 어떻게 해… 그러시군요~"

"놀라게 해 드려서 죄송합니다. 근처에 아무 데나 내려 주세요."

"그 사람들이 쫓아오는 거 아니에요? 잠시 어디 머무르실 곳 없으신가요?"

"있긴 한데 여기서 한 10분 정도 걸려요."

"괜찮아요. 데려다 드릴게요."

"아 감사합니다. 구암역 1번 출구 쪽에 에드네틀라라고 있어요. 거기 세워 주시면 감사하겠습니다."

"네? 제가 거기 셰프인데."

"아 진짜요? 처음 뵙겠습니다."

셰프님께 인사하고 뒷자리에 앉았다. 얼마 지나지 않아 매장 뒤편 옥외 주차장에 도착했다.

"다 왔어요. 저는 재료 사러 다른 데 좀 가 봐야 해서."

"아 정말 감사합니다. 또 뵙겠습니다."

"아니에요. 아까 그 사람들한테 안 들키게 조심하세요."

"네 감사합니다."

차에서 내려서 매장 문 앞에 서니 안도의 한숨이 나왔다.

출입문 측면에는 알바가 그만뒀는지 알바를 구한다는 내용의 홍보물이 붙어 있었다.

매장에 들어가자 그녀가 있었다.

"안녕하세요. 에드네틀라입니다."

"안녕하세요. 마리나라 하나 주세요."

"네~"

잠시 뒤에 피자를 갖다주는 그녀에게 알바 관련해서 이것 저것 물어보았고, 아무래도 알바 한 명은 있는 것이 아픈 그녀가 회복하는 데에 도움이 될 것 같다고 생각해서 일단은 다음 주부터 연말까지 알바를 하기로 했다.

생각했던 것보다 알바를 하기 위해 배워야 할 것이 상당히 많았다. 서빙과 테이블 세팅하는 방법은 기본이고, 냅킨 접는 법부터 손님들에게 설명하기 위해 전체적인 음식 재료 및 와인과 맥주에 대한 기본 지식 정도는 공부해야 했다.

일을 하면서 그녀의 이름을 부르기도 그렇고 해서 앞으로 매장이 직원들이 안정적으로 자리가 잡혀 알바를 완전히 그만두기 전까지는 점장님이라고 부르기로 했다. 배움도 게을리하지 않았기에, 바리스타 자격증과 소믈리에 자격증도 취득할 수 있었고, 나폴리 피자를 만드시는 사장님과도 조금씩 가까워지게 되었다. 사장님은 전에는 카페를 하셨다고 했다. 매장이 여유로울 때 그녀가 만든 커피를 평가할 때도 있었는데, 별로일 때는 직접 카푸치노를 만들어 드시고는 했다.

매장에 있는 맥주들 이외에도 다른 맥주 전문점에서 새로운 맥주들을 마시면서 경험의 폭을 넓히기도 했는데, 일하는 도중 새로 들어온 임페리얼 스타우트라는 맥주에 대해서 설명을 듣다가 문득 노은역 인근에서 맛있는 스타우트(흑맥주)를 마셨던 것이 떠올랐다.

"점장님, 저번에 코코아맛 임페리얼 스타우트 기가 막힌 거 먹었었는데 또 보게 되면 한 병 사 올게요."

"아 정말요? 이름은 모르시구요?"

"네 이름은 잘…"

"아아 좋아요."

알바를 마치고 그 노은역 맥주 전문점에 가 보니 마침 찾던 맥주가 있었다, 자세히 보니 파리 클럽에서 그녀가 마셨던 진한 맥주와 비슷하게 보였다.

반가운 마음에 사진을 찍어 카카오톡으로 보냈다.

'점장님 구했습니다 ㅋㅋ 금요일 저녁 10시 반쯤에 사장님이랑 한잔할 때 같이 먹어요~ㅋ'

'흑맥주요?!! 한잔하시는 거예요? 저 모르게 언제 약속을.. 알겠습니다ㅎㅎ'

그 후에도 종종 그녀와 함께 매장에서 판매할 맥주와 와인을 테이스팅 하면서 온도와 잔에 따라서도 향과 맛이 상당히 달라질 수도 있음을 알게 되었고, 그런 경험들이 손님들 접대할 때에도 큰 도움이 되었다.

다음 생이 없다면 잔인할 것 같은 이유

이번 생에 그대를 만난 것

어느새 시간이 흘러 2018년 마지막 날이 되었다.

출근길에 그녀가 반갑게 맞아 준다.

"휴 벌써 마지막 날이네요! 올 한 해도 고생하셨습니다. 이따가 저녁에 연말 파티하는데 혹시 시간 되세요?"

"네 가능합니다. 오늘도 힘내시죠~"

연초에 지구 반대편에서 함께했던 그녀와 같은 해 연말, 그것도 마지막 날에 한국에서 함께 새해를 맞게 될 줄 몰랐기에 특별히 준비한 것도 없었기에 그저 일하는 도중 실수하지 않게 조심하는 것이 올해 마지막으로 해 줄 수 있는 선물이라는 생각이 들었다.

아이스크림 케이크와 함께한 카운트다운과 새해 축하 영상을 찍어 폰에 담았고, 영상을 그녀에게 보내면서 집에서 쓰고 있던 AI 스피커와 같은 스피커를 카톡과 함께 카카오톡 선물하기를 통해 보냈다.

'점장님 벌써 2018년도 지나갔네요… 한 해 덕분에 즐거웠어요 감사합니다 ㅎㅎ'

'허업 선물… 감사합니다 ㅎㅎ 올해 마지막을 함께(어수선했지만.. ㅎㅎ) 할 수 있어서 좋았어요! 내년도 내후년도 오래오래 함께해요!!! 항상 감사드리고 내년에도 승훈 씨에게 좋은 일만 있길 바랄게요!!'

며칠 뒤 스피커를 받은 그녀가 사진과 함께 카톡을 보냈다.

'대애애애애박이에용… 이거 승훈 씨가 보낸 카톡도 읽어 줘요, 방금 읽어 줌… 대박대박! 와… 진짜 잘 쓸게요 감사합니다. ㅠㅠㅠㅠ 카톡도 보내

줘요… ㅋㅋ가만히 누워서 카톡 보내기가 가능하겠네요.'

 꾸밈없는 카톡에 피식 웃음이 났다. 그때 다시 카톡이 울렸다.

 확인해 보니 그녀가 그린 그림을 찍어서 카톡과 함께 보냈다. 약 1년 전 비행기 안에서의 그 그림과 거의 비슷한…

 '인스타는 안 하시죠?'

 '네.'

 '아아 네네ㅋㅋㅋ 저거 제가 그린 그림이에욥'

 '역시 귀엽네요ㅠㅠ'

 '저 혼자 보기엔 너무 귀여우니 같이 귀여워해 주시라구ㅋㅋ'

 '감사합니다ㅋㅋ'

 혹시 다른 그림들이 그녀의 인스타에 있을까 싶어서 인스타를 시작했다.

새해에 들어 작년 연말까지 하던 알바도 끝나고 나니, 시간이 남기 시작했다. 마음이 다소 여유로워진 덕분인지 대학생 때 잠깐 썼었던 시도 다시 종종 쓸 여유가 생겼고, 알바를 해서 번 돈으로 와인을 사서 매장 바에 앉아서 혼자 마시고는 했다.

사장님께서는 가끔 메뉴에 없는 맛있는 음식을 주셨고, 그녀는 와인 콜키지 비용을 받지 않았다. 그래서 거의 일주일에 한 번 정도는 가게 되었고, 사장님께서 종종 조금씩 피자 도우 레서피가 변할 때마다 피자 맛이 어떤지 물어보실 정도로 에드네틀라 피자 매니아가 되었다.

얼마 지나지 않아 그녀로부터 서울에서 맥주 박람회가 개최되는데, 가보고 싶으면 알려 달라고 연락을 받았고, 3월 21일에 개최될 맥주 박람회에 함께 가게 되었다. 바이어로 입장하려면 해당 업장 명함이 필요했는데, 그녀가 에드네틀라 명함 디자인부터 제작까지 직접 해 주었다.

박람회장에는 생각보다 정말 많은 맥주 종류들뿐만 아니라 맥주와 어울리는 다양한 안주들도 있었다. 저가에서부터 고가의 맥주들도 시음해 볼 수 있는 기회가 있었는데, 마치 새로운 세계에 온 듯했다.

박람회에서의 시음 투어를 마치고 '지금 이 순간'이라는 의미를 가진 '앙스모멍'이라는 레스토랑에 갔다.

음식과 함께 하우스 와인 한 잔을 주문하여 한 모금 마셨다가 맛이 그저 그래서 고개를 갸웃거리는데 그녀가 조금 있다가 마시라며 손을 와인 잔에 갖다 댔다.

"음… 역시 아직 마시기에는 조금 찬 것 같아요"

"와… 손으로 적절한 온도까지 알 수 있는 정도면… 멋지십니다."

그녀가 별거 아니라며 손사래 치면서 환히 웃었다.

확실히 온도가 조금 올라가니 맛이 훨씬 나았다. 전에 책에서 본 것이 떠올라서 공부한 티 좀 낼 겸 스월링을 조금 해 보았는데 그녀가 계속 쳐다보다가 한마디 했다.

"음… 안 이쁘게 흔들고 있어요… 너무 그러면 맛이 없어져요. 아직 열리려면 멀었으니 너무 많이 드시지 마세요."

"아 네…"

이 일을 계기로 다시 한번 그녀와 와인의 매력에 빠졌다. 그날 이후 와인에 대한 서적도 많이 읽어 보고 와인도 그냥 와인샵 직원의 추천만 받아서 사지 않고 다양한 품종의 와인을 마셔 보면서, 취향에 맞는 와인을 찾아보게 되었다.

처음에는 탄닌 느낌이 싫어서 멜롯 단일 품종의 와인을 마시기 시작했는데, 주로 마셨던 것이 중저가라 언제부턴가 한계가 느껴졌다. 그다음으로 접한 와인 중 내 취향에 맞았던 와인이 산지오베제 품종을 베이스로 하는 향이 좋은 끼안티, 달달한 프리미티보 품종, 달면서 우아하게 벨벳같은 탄닌감 있는 몬테풀치아노 품종 등이었다.

수십 가지의 와인들을 마셔 보면서 블로그에 기록하기도 했고, 그 밖에도 다양한 품종의 와인을 마셔 보면서 몇몇 레스토랑의 와인 리스트에 적힌 품종들을 보면 대략적인 맛을 생각할 수 있을 정도가 되었다. 새로운 레스토랑을 찾아다니며 와인 리스트를 보는 재미에 빠져 있다가 보니 몇 달이라는 시간이 훌쩍 흘렀다.

오랜만에 매장에 갔는데, 교대 시간이 지났는데도 그녀가 보이지 않아서 매니저한테 물어보니 몸이 안 좋아졌다고 했다. 몸이 많이 안 좋냐고 연락해 보니 매장이냐고 곧 나갈 테니 잠깐 보고 가라고 했다. 비행기에서의 아팠던 모습이 떠오를 정도로 확실히 컨디션이 안 좋아 보였다.

"많이 안 좋아 보이시는데… 제가 혹시 해 드릴 건 없나요?"

"말씀만으로도 감사합니다… 일하는 공간에서 사람들이 붐비는데도 일이 잘 돌아갈 때가 가장 뿌듯해요. 누군가에게 누릴 수 있다는 공간을 제공하는 제 모습이 멋져 보여요. 저도 이 일을 하면서 저한테 잘 안 맞는다는 게 느껴지는데, 매일 열심히 일을 할 수 있는 계기가 있네요. 이번에 아픈 걸 통해 새로운 사실을 알게 된 것 같아요."

그녀의 진심 어린 이야기를 들으며, 의미 없이 살던 내 자신이 부끄러워졌다. 파리에서 그녀를 만나지 못했다면 아직도 어딘가에서 얼마 되지도 않는 퇴직금을 탕진하며 의미 없이 살고 있었을 것이다.

마음속으로 다짐했다. '의미 없는 삶 속에서, 새롭게 살아갈 이유를 만들어 준 당신, 평생 아껴 줄게.'

얼마 지나지 않아 그녀의 병명을 직접 듣게 되었다. 인터넷에 검색해도 완치가 쉽지 않다는 내용이 많아서 안타깝기는 했지만, 완치가 될 때까지 격려하며 함께할 것이라고 내 자신과 약속했다. 그리고 계속 그만두는 알바들 때문에 스트레스 받는 그녀를 보면 마음이 아팠기에, 제대로 된 알바가 들어올 때까지 다시 알바를 하겠다고 했다.

늘 알바를 하면서도 실수를 하면 그녀가 스트레스를 받을 것이라는 부담감 때문에 하루빨리 제대로 된 알바가 구해지길 바랐지만, 알바생들이 하루 나오고 도망가는 경우가 허다했고, 거의 대부분이 1~2개월을 못 넘기고 그만두었다. 그 덕분에(?) 수년간 알바를 하면서 그녀와 함께하는 시간들이 늘어날수록 평생을 함께하고 싶다는 마음은 커져만 갔다.

어느덧 그녀 생일이 얼마 남지 않았다. 작년에 생일 기념으로 매장에서 같이 파티는 했지만, 의미 있는 생일 선물을 주지 못한 것 같아서 이번엔 색다른 생일 선물을 주고 싶었다.

고민하다가 얼마 전 만년필 잉크들을 정기 구독한다고 들었던 것이 생각나서, 흔치 않으면서 느낌 있는 만년필을 드리면 좋겠다고 생각했다. 물론 비싼 것들 중에는 신기한 것들도 많았지만 형편상 적당한 가격대에서 찾아야 했기에 아쉬운 마음이 가득했다.

몇 시간을 살펴보았을까? 딱 눈에 들어오는 만년필을 발견했다. 'TWSBI VAC 700R IRIS' 이 만년필은 외관도 심플하면서 펜 잡는 부분에 오색 빛이 나고, 펜촉(닙)에도 똑같이 영롱한 빛이 나는 만년필이었다. 그녀가 마음에 들어했으면 좋겠다는 생각과 함께 주문을 넣었다.

그녀 생일 전날에 만년필을 들고 출근했다. 알바 시간이 오후 7시부터 12시까지이니, 끝날 때면 생일날일 것이다. 출근할 때 매장이 바쁜데도 그녀가 먼저 말을 걸었다.

"승훈 씨 오늘 저녁에 시간 괜찮으세요? 마감하고 간단히 저녁 먹을 것 같아요."

"네 괜찮습니다. 점장님 생일이신데 당연히 함께해야죠."

"아 기억해 주셔서 감사합니다."

"에이 당연히 기억해야죠~ 그리고 점장님 선물입니다."

하고 얼마 전에 준비해 놓은 만년필을 전해 주었다.

"이게 뭐예요?"

"만년필이요, 생일 선물입니다. 이따가 열어 보세요~ 조금 특이한데, 취향에 맞으실지는 모르겠네요."

"오 기대되네요. 감사합니다."

원래는 열두 시에 테라스에 있는 테이블과 의자를 내부로 넣어놓지만, 오늘은 생일파티 겸 저녁 식사가 있어서인지 5분 정도 일찍 넣으라고 하셨다. 다 정리할 때 즈음 시계를 보니 12시여서 아직 설거지 중인 그녀에게 카톡을 했다.

'점장님 생일 축하드려요~!!'

열두 시 정각에 보내졌는데, 밀려 있는 일 때문에 바로 확인하지는 않았다, 코로나의 여파로 생일파티는 생각했던 것보다는 다소 조촐하게 치러졌다. 내년에는 제대로 된 생일파티가 되길 기원하며 파티를 마무리했다.

그 이후에도 일 년이 하루처럼 순식간에 지나갔다. 안타깝게도 그녀의 건강은 큰 차도가 없었고, 제대로 배워 보려는 알바도 없어 보였으나, 매장은 그녀의 노력으로 새로운 맥주들과 알찬 와인 리스트와 함께 날로 발전해 갔다.

오랫동안 준비한
설레는 계획이
한순간에 틀어져도

함께 하고 싶은 일들
전해 주고 싶은 말들
참 많은데,

하나도 하지 못한다고 해도
언제나 행복한 곳
그대

누군가를 행복하게 하는 것이
무엇보다 큰 기쁨이 될 수 있다는 것을
알게 해 준 그대를 위해
오늘도 시 한 잔과 행복을 작곡할게요

    내일이면 모처럼 만에 브레이크 타임에 그녀와 함께 브런치 카페에 가기로 한 날인데 어디를 가야 그녀의 까다로운 입맛을 만족시킬지 며칠 전부터 찾아보는 중이다. 2~3군데 가 볼 만한 곳을 찾았고, 그중에도 한 군데를 고르는 중에 문득 카카오톡이 울렸다.
    '승훈 씨 근데 저 자다가 깨서 약이 없길래 약 찾느라 알게 된 사실인데.'
    '음 혹시 내일 병원 가는 날이에요?.. ㅋ'

'아니요. 약을 의사가 3개월 줘야 했는데, 저녁 약이 없어서 처방전 보니까 54일치만 줬더라구요.'

'아아 그럼 병원 가야 하는 거 아닌가요 ㅠㅠ 의사한테 전화해서 약국으로 팩스 보내라고 하면 되려나..'

'의사한테 아침에 전화해서 물어보려구요. 착오가 있었나 봐요… 그래서ㅠ 만약에 약을 타 와야 한다면 약 타고 카페 가도 될까요? 어차피 저ㅜ 차 없는뎅'

'네네 당연하죠~!'

'ㅋㅋㅋㅋㅋㅋ 태워 주세요'

'네 ㅋㅋ'

'네 전 졸려서 다시 잘게요ㅜ 낼 최대한 빨리 나갈게요'

'네~ 의사한테 전화해 보시고 알려 주세요 ㅎㅎ'

다음 날 아침에 다시 카톡이 울렸다.

'병원 예약이 안 된다고 해서 못 갈 것 같아요ㅋㅋㅋ 그냥 원래 계획대로…. ㅋㅋ'

'이런ㅠ 처방전 팩스로도 못 준대요?ㅠ 약 모자라면.. ㅜ'

'그러게요.. 승훈 씨 제가 며칠 전부터 계속 상태가 안 좋은데 이따가도 만났을 때 상태가 안 좋을 수도 있어요, 미리 말씀드립니당. 이따가 브런치 카페 말고 제대로 된 밥 먹으러 가자요 저 밥을 먹어야 할 것 같아요!'

'아아 네네! 그 지난번에 먹었던 밥집 갈까요? 유성 시장 쪽에 있던'

'???어디죵????'

'백반집이었는데 이름이 잘ㅜ'

'음 어디징 ㅋㅋㅋ 청주식당은 문을 잘 안 열어요'

'아 청주식당인 듯해요. 그럼 한번 찾아볼게요~!!'
'아니면 NC 백화점 위에 식당들 다 열어요 브레이크 타임 없이'
'아 네 거기 가시죠~!! 이따 봐요~~ㅎㅎ'

결국 NC 백화점에 있는 쌀국수 파는 가게에 가게 되었는데, 친한 친구 중에 고수 들어간 쌀국수를 못 먹는다는 얘기를 하면서 고수를 추가해서 맛있게 먹는 모습이 귀여웠다.

쌀국수를 먹고 옆 카페에서 아이스크림을 먹으면서 스트레스가 해소된다는 유명한 브랜드 입욕제 얘기를 하는데, 그 브랜드 이름을 백화점에서 본 것 같아서 있다가 집에 가는 길에 잠깐 가야겠다고 생각했다.

백화점에 가보니 생각했던 것보다 정말 다양한 색깔, 모양과 향을 가진 입욕제들이 많았다. 그녀와 잘 어울릴 듯한 입욕제 4가지를 매장 매니저에게 전달해 달라고 맡겨 놓고 카톡을 남겼다.

'점장님 입욕제 매장에 맡겨 놨어요~ 비닐로 한번 싸 두시는 게 나을 듯해요~!! 아니면 향이 강해서 집에 향이 퍼질 듯요ㅠ'

가자마자 잠들었는지 한참 뒤에서야 카톡이 왔다.

'와.. 감사합니다!! 넘 궁금해요 ㅋㅋㅋㅋㅋ 저 향 퍼지는 거 싫어하는 거 기억하시네요'
'당연하죠 그것 때문에 향 제거하는 것 찾았던 기억이ㅠ'
'항상 감사드려요'

어느덧 내 생일이 찾아왔다. 이번 생일은 참 빠르게 다시 찾아온 것 같다. 저녁에 알바를 하러 매장에 들어가니 그녀가 반갑게 맞아 주었다. 알바 시간이 되어 오늘 체크해야 할 주요 사항들을 살펴보고 있는데, 그녀가 부른다.

"승훈 씨! 생일 축하해요~ 선물이에요."

그녀가 계속 생일 선물로 갖고 싶은 것 알려 달라고 물어봐도 알려 주지 않아서 별 생각도 없었는데, 다소 놀랐다.

"감사합니다… 이게 뭐예요?"

"만년필이요."

"아… 한 번도 안 써 봤는데 기대되네요~"

"한번 퇴근 후에 맘에 드시나 보세요~"

"네 감사합니다."

남색 몸통에 금색 닙이 참 잘 어울렸다. 만년필의 이름답게 만 년 동안 아껴 주며 곁에 있기로 다짐했다.

며칠이 지나 크리스마스가 점점 다가왔다. 이번 크리스마스는 에드네 틀라에서 보내야 하나 하고 생각하는 찰나에, 카톡이 울렸다.

'승훈 씨ㅎㅎㅎ 오늘은 뭐하세요!!'

문득 밝아 보이는 그녀의 카톡에 기분이 좋아졌다.

'저녁 알바 전에는 딱히 없습니다ㅋ'

'저 크리스마스카드 만들어야 하는데 이따 가실래요?'

'3시 30분쯤에요? 2시간 정도 될 듯합니다ㅎㅎ 무리하시면 안 되니 컨디션 보고 연락 주세요~~'

'네네 두 시간 가능'

Part 6 Amore a Parigi (2025)

'네~~ 이따가 봐요ㅎㅎ 가서 주차하고 연락할게요~!'

'네네 저 스벅 하나만 더 모으면 돼서 스벅 가요 ㅋㅋㅋ 혹시 만년필 잉크 다 쓰셨음 색 바꿔 드릴까요?'

'아 아직 남은 듯요 ㅋㅋ 반죽 끝나고 나오시면 연락 주세요ㅎㅎ'

'저는 끝나고 집에 가요 카드 만들 재료 가지고 나와야 해요 어차피 차 타고 못 가니까 이쪽에 세우고 걸어가실 건가요?'

'네네~ 주차 했습니다ㅋ 스벅으로 갈게요~~'

'아 그럼 저도 곧 내려갈게요 다 챙겼어요'

'네~ㅋ 스벅 안에 있습니다 ㅎㅎ'

'네 저도 가는 중'

생각해 보니 같이 카드 만드는 것은 처음이었는데, 가지고 온 재료들을 보니 찢어서 붙이는 테이프에서부터 한지 등 정말 다양한 재료들이 많았다.

그녀는 순식간에 크리스마스 카드 하나를 만들고 새로운 카드를 만들고 있었지만, 나는 2시간이 지나서야 카드 하나를 만들고 나서 헤어졌다.

집에 와서 스타벅스에서 만들었던 카드에 적었다.

'오랜 풍랑을 견뎌 온

Since 1971 스타벅스처럼

새해에도 늘 건강하시고

이루고자 하시는 일들

모두 이루시길 바랍니다.'

오랜 시간을 쇼핑하기 싫어하는 그녀와 처음으로 장을 보러 가기로 한 날이다.

일찍부터 기다리고 있는데 카톡 알림이 울렸다.

'열두 시 반쯤 가게로 갈 건데 정문 앞으로 오실래용?'

'네 알겠습니다 ㅋ'

이마트 세종점은 처음 가본 곳이기에 익숙하지 않아서 필요한 음식들을 바로 찾기에는 생각보다 시간이 다소 걸렸지만, 적당한 선에서 무사히 마무리되었다. 얼마 걸리지 않아 그녀의 집에 도착하여 이마트에서 산 짐들을 내려 주는데, 시간 되면 잠시 집 구경을 하고 가라고 했다.

집은 예상했던 대로 잘 정돈되어 있었고, 전에 한 번 가성비가 괜찮다고 추천했었던 마트 전용 피터 메르테스 리슬링 와인이 한 병 있어서 반가웠다.

문득 그녀가 좋아하는 영상이 있다고 해서 같이 본 후, 노래들도 몇 곡 같이 듣고 싶다고 해서 함께 들었는데, '취기를 빌려'라는 노래가 참 와닿았다. 멜로디도 좋았지만, 가사 또한 언젠간 한 번쯤은 말해 주고 싶은 소중한 한마디이기에…

비슷한 느낌의 노래들이 몇 곡 떠올라서, 나중에 공유해 드린다고 하면서 집으로 돌아왔다.

다음 날 아침, 눈을 뜨자 문득 일하는 직원이 구해져서 오늘이 출근 첫 날이라고 했던 것이 떠올라서 카톡을 했다.

'점장님~ 혹시 낮 시간 근무하는 직원 오늘은 나온대요? 안 나온다면 도와드릴 수 있어서요~!!'

'이 카톡 보고 확인했는데 안 오고 연락도 안 받아서 엄마께 전화해 보니, 캡스 문제로 문 열려 있어서 그냥 들어갔다 하시네요… 오셨나 봐요ㅜ 다행…지금 눈 뜨자마자 출근할 뻔했네ㅜ'

'아 다행이네요ㅠ'

'와… 순간 당황했네'

'오늘도 힘내시구요~!! 혹시 몰라서 연락드렸네요ㅎㅎ'

'ㅠ그걸 기억하시다니 감사합니다.. 되시면 놀러 오세요 ㅎㅎ커피 해 드릴게요'

'아 네 ㅎㅎ'

오늘따라 그녀가 내려 준 커피의 향이 은은하면서 맛있었다. 사장님도 커피 한 모금 하시더니, 모처럼 만에 마음에 드셨는지 커피는 그 사람의 끈기를 볼 수 있다고 하시면서 흡족한 표정을 지으셨다.

맛있고 따뜻한 커피와 함께 그렇게 한 해가 저물어 갔다.

그대의 손길이 담긴

커피에 취해

그대에 잠긴다

그대에 취해

커피 향을 마신다

문득 커피잔에 담긴
검은 향기에 비치는
그대의 얼굴

내 마음속을 그려 놓은 것 같아
들킬 것 같아 한 모금 마셔 버린다

오랜만에 그녀가 쉬는 날에 만나기로 한 날이다. 보통 휴무일에는 쉬어야 된다고 하면서 약속을 잡지 않았었는데, 휴무일에 첫 카페 타임이라 기대가 되었다.

혹시나 해서 카톡을 보내 놓았다.

'오늘 카페 가시는 건가요?ㅋ 시간 있으시면 오리 백숙 먹고 그 주변 카페 가려구요 ㅎㅎ'

'승훈 씨! 시간은 되는데, 제가 두 시 반쯤에서 20분 정도 반죽해야 해요 ㅇㅅㅇ'

'아하 그럼 반죽하신 다음에 갈까요?ㅋ 아니면 점심 드시고 오셔서 반죽하고 카페 가셔도 ㅎㅎ'

한참 지나서야 답장이 왔다.

'ㅎㅎㅎ 계속 자네요ㅠ 체력이 우두두해서 또 잠듦요… 카페보다 백숙이 먹고 싶을 정도로 땡기는데ㅠ 반죽 시간이 애매해서ㅠ 그나저나ㅜ답장 늦어서ㅜ죄송해요'

'음 그럼 백숙 사 와서 반죽 끝나고 매장에서 먹을까요? 안 그래도 점장님 몸보신 좀 하셔야 될 듯해서요ㅠ 전화해 보니 거기 브레이크 없다던데, 반죽 끝나고 가서 먹어도 되구요 ㅎㅎ 왠지 다시 잠든 것 같아서 연락 또 안 드리긴 했네요ㅋㅋ'

'반죽 끝나고 가서 먹자욯 혹시 안 드셨다면요. 네 계속 자고 잇어요ㅜ'

'네 전 아직 안 먹었어요~ㅋ 반죽하기 전까지 좀 더 자고 이따 봐요~! ㅎㅎ 한 세 시쯤까지 매장으로 가면 될까요?'

'네 근데 매장 말고 밖에 계시면 제가 갈게요'

'아 네네~!'

혹시 일찍 끝날 수도 있어서, 미리 가서 카톡을 보냈다.

'저 주차장에 있을게요~ㅎㅎ'

'네 지금 다 했어요 나가욥'

매장과는 거리가 좀 되는 곳이라 오리 백숙을 종종 포장해서 먹기는 했는데, 직접 가서 먹은 것은 처음이었다. 체력이 바닥이라고 하는 그녀가 맛있게 먹는 모습을 보니 마음이 조금 놓였다.

시간은 흘러 새해를 맞게 되었다.

새해에도 에드네틀라에서 저녁 알바를 하며 하루하루를 보내다 보니, 어느덧 3월 중순이 되었다. 여느 때처럼 저녁 알바를 하러 갔는데 그녀의 컨디션이 좋아 보이지 않았다.

"몸이 안 좋아 보이시는데 어디 아프세요?"

"네 오늘 새벽에 병원 가서 주사 맞고…"

"이런… 병원에서는 뭐래요?"

"아 감기예요. 감기."

"오래 안 갔으면 좋겠네요…"

"그러게요… 혹시 4월 13일 오후에 시간 괜찮으세요?"

"네 괜찮습니다. 무슨 일 있으세요?"

"병원 예약한 게 있는데 시간 되시면 같이 가 주실 수 있으신가 해서요."

"네 가능합니다."

"감사합니다. 아 그리고 혹시 책 읽는 거 좋아하세요?"

"음… 그냥 보통?"

"혹시 독서 모임 하실 생각 없으세요?"

"독서 모임이요?"

"네 일단 3권 정해서 읽고 같이 그 책에 대해 얘기하는 정도? 쉬운 책으로 할게요."

"알겠습니다. 점장님이 행복할 수만 있다면."

"감사합니다. 제가 책 3권 골라서 알려 드릴게요."

"네!"

알바를 마치고 집에 와서 그녀가 어떤 책을 정할지 궁금해하며 침대 위에서 쉬고 있는데 카톡이 울렸다.

'여름의 책, 입속의 검은 잎, 달빛 속을 걷다 이렇게 세 권 어떠세요?'

'좋습니다~!!ㅎㅎ'

'여름의 책 먼저 읽을까요?'

'네!'

그 자리에서 책들을 주문했고 며칠 뒤에 책들이 도착했다. 『여름의 책』은 일반적인 책들보다 크기가 조금 작아서 귀엽게 느껴졌고, 커버에 그려져 있는 그림은 무언가 이색적인 느낌이 들어서 신비롭게 느껴졌다.

이 책은 주로 소피아라는 한 아이와 아버지, 할머니가 외딴섬에서 생활하면서 다양한 경험들과 여러 소재들에 대해 서로 이야기를 나누는데, 소피아와 할머니의 대화가 참 부러웠다. 나이는 참 많이 차이가 났지만 정말 편한 친구끼리 대화하는 것처럼 느껴져서 언젠간 그녀와의 대화도 그 둘 사이의 대화처럼 되었으면 하고 생각했다.

시간 날 때마다 구암 도서관에 가서 조금씩 읽다가 도서관에 있는 책들도 보았는데, 이해인 시인의 '가위질'이라는 시에서 한 구절이 참 마음에 들었다.

며칠 뒤 『여름의 책』을 다 읽게 되어 그녀에게 카톡을 보냈다.

'여름의 책 다 읽으셨나요?ㅋ'

'아뇨…ㅜ 매장이 바빠서 읽을 수 없었어요ㅠ 바쁘고 아프고ㅜ 아직도 미각이… ㅇㅅㅇ'

'아… 이번에 오래가네요 ㅠㅠ 그 주방 직원분들 두 분도 점장님처럼 맛을 섬세히 표현하지는 못 할 텐데ㅠㅠ 점장님이 아프니 커피 세팅부터가 문제네요ㅠ 사장님께 녹용 한약 져야 하지 않겠냐고 살짝 말해 볼까요..ㅋ'

'미각이 왜 안 느껴지는지 잘 모르겠어요… 감기로 이런 적은 처음이네용 정말ㅜ.ㅜ ㅋㅋㅋㅋㅋㅋ아니에요 녹용은… 진짜 아플 때…ㅋㅋㅋㅋ'

'계속 미각 안 느껴지면 그거 때문에 스트레스 받아서 아픈 거 심해지면 어떻게 하나 걱정이죠ㅠ 이번 주까지 차도가 없으면 뭐라도 해 봐야 할 듯ㅠ 입안이 건조하다거나 혀가 마른 듯한 느낌은 없어요?'

'네네 없어요 진짜 뭐라도 해 봐야 할 것 같아요 이게 그때 대화했던 것처럼 김치는 김치맛 커피는 커피맛 이런 건 나는데 그 안의 아로마 풍미가 하나도 안 느껴져용'

'음ㅠㅠ 예전에 저 미각 잃었을 때는 약간 이렇기라도 했는데… 참ㅠ 이따가 비타민 갖다 드릴게요 저녁에 봐요'

'네!!'

저녁 알바 시간에 비타민C 드리면서 꼭 챙겨 먹으라고 당부하면서도 안 좋은 안색에 마음이 아팠다.

다음 날 아침에 오늘은 좀 나아졌을까 하고 카톡을 보냈다.

'몸은 좀 어때요? 비타민C 밥 먹고 나서 바로 2알씩 하루 3번 꼭 챙겨 드세요 ㅠㅠ 속 쓰리면 1알로 줄이시구요…'

'헉 ㅠ 아까 약 먹고 먹는다는 걸 깜박했어요ㅜ 이따 저녁 먹고는 꼭 먹을게요ㅠㅠㅠ'

'네~~ㅋ'

'아 참 어지러워서 책 제대로 못 읽고 있긴 한데 여름의 책 너무 사랑스럽네요'

'ㅋㅋ 책 잘 읽는 사람들한테는 더 재밌을 것 같아요 글자만 읽어서는 별로 와닿지가 않는 책이라'

'이게 딱 맞는 말이네요. 글자만 읽어서는 전혀 와닿지 않아요 글을 따라 그림을 그려야 이해가 되는 책'

'음 그렇네요 ㅋㅋ 얼른 두 번 읽어야지 ㅋㅋ'

'아 참, 금요일에 일 끝나고 시간 괜찮으세요? 자주 오시는 교수님께서 샤또 마고 같이 먹자고 하시는데, 꽤 좋은 와인이에요'

'네 좋아요! 제가 뭐 사갈 건 없나요?'

'크로와상 2개, 아몬드크로와상 1개, 뺑오쇼콜라 2개, 올리브데니쉬? 1개, 바닐라 초콜렛데니시? 1개 부탁드립니다. 바게트랑 치아바타류는 저희 빵 쓰면 돼서 괜찮고 혹시 다른 거 먹을 만한 거 있으면 부탁드릴게요'

'네 알겠습니다~! 그 가게 이름도요ㅋ'

'오씨또베이커스? 베이커리?'

'네 알겠습니다~!'

금요일 저녁에 샤또 마고 2002년 빈티지 와인을 마셔 보았는데 정말 부드러우면서도 다양한 향과 맛이 미각을 즐겁게 해 주었다. 물론 그녀가 부탁해서 사간 빵들과 셰프 님이 해 주신 치즈 플레이트와도 정말 잘 어울렸다.

와인을 마시며 맛있어하는 그녀의 모습이 참 보기 좋았기에, 다음에 꼭 한 번 샤또 마고를 함께 마실 기회가 있으면 좋겠다는 생각이 들었다.

며칠 뒤, 집에서 와인 관련 책을 읽고 있는데 그녀한테 카톡이 왔다.

'혹시 다음 주부터 한 달 정도 낮에도 알바 가능하세요? 낮 알바가 다음 주 월요일까지라서요 ㅋㅋ'

'음.. 네 ㅠㅠ 가능한 날 한번 확인해 볼게요'

'네 부탁드립니다ㅜ 알바 얼른.. 구해 볼게요'

'네 이따 봐요~ 오늘 저녁 힘내서 빠이야~~ 하시죠~!!'

이번 달에는 안타깝게도 평소보다 약속이 조금 많이 잡혀 있었다. 가능한 날을 엑셀로 정리해서 보냈다.

'점장님~ 일정 확인해 보니 현재로서는 이렇게 가능합니다.'

'ㅋㅋㅋ엑셀ㅋㅋ 귀여우서랏ㅋㅋㅋㅋㅋㅋ 인지하고 있겠습니다 그 사이에 알바 뽑히면 바로 말씀드릴게요'

'네 알겠습니다~!ㅋ 아 그리고 덕분에 맛있는 와인 마셨네요 ㅎㅎ'

'네 ㅎㅎㅎ 아직도 입에서 마고 향이 나는 듯해요'

'ㅋㅋ 마고 덕분에 미각 복구되신 듯..?ㅋ'

'ㅋㅋㅋㅋㅋㅋㅋ맛 못 느낄까 봐 노심초사ㅜ 그래도 느껴져서 다행이었어요.. 백프로였는진 모르나 행복했슴다 아 저 여름의 책 다 읽엇떠요! 입속의 검은 잎 시집은.. 아무래도 승훈 씨랑 읽어야 이해할 듯… ㅇㅅㅇ 안 읽히더라구요'

'시집은 그럼 목요일에 같이 읽으시죠 ㅎㅎ'

'ㅋㅋㅋ아 그건 제 속도에 맞추지 마세요 ㅎㅎㅎㅎㅎ 낼 읽을게요 ㅎㅎㅎ'

'네 알겠습니다 ㅋㅋ'

목요일에 함께 같은 시집을 읽을 생각을 하니 기대가 되었다.

하지만 전날에 다시 카톡이 왔다.

'승훈 씨 ㅋㅋㅋ이번 주 목 독서 모임 금요일로 가능?합니꽈 필라테스 쌤이 시간을 바꿔 달라셔서요 이번 주만'

'아.. 저 금요일에 용인 가서 ㅠㅠ'

'그럼 이번 모임은… 패쓰 해야 할 것 같아요ㅠㅠㅠㅠ'

'네네 알겠습니다~!!'

'그럼 담 주 목요일에 해요 ㅎㅎ 아 그리고 혹시 오늘 저녁에 직원들 회식하는데 알바 끝나고 시간 괜찮으세요?'

'네 가능합니다.'

'네 ㅎㅎ 이따가 뵙겠습니다'

새로운 주방 직원과 함께하는 회식 자리였는데, 사장님이 맛있는 레드 와인이 땡기신다고 하셔서 와인 셀러에 몇 개 갖다 놓은 레드 와인들을 오픈했다. 사장님은 경험상 보통 비비노 평점 4.2 정도는 되어야 괜찮다고 하시는데, 그날 와인 셀러에 있던 와인들이 대부분 다 평점이 그리 높지 않은 1~2만 원대 가성비 와인이어서 그런지 별로라고 하셨다. 마지막에 오픈한 엠 샤푸티에 리브잘트 2001 빈티지는 좋아하셔서 그나마 다행이었다.

셰프님도 레드 와인은 드시지 않았지만, 뉴질랜드 소비뇽 블랑과 모스카토는 맛있다고 많이 드셔서 뿌듯했다. 새벽 두 시 정도까지 마시고 자리가 끝날 것 같지가 않아서 먼저 집에 갔다.

다음 날 점심 때쯤 눈이 떠졌는데, 갑자기 라자냐가 땡겨서 맛집을 찾아보는 중에 그녀에게 카톡이 왔다.

'잘 들어가셨나요 어제? 저는 승훈 씨 가고 나서 얼마 안 돼서 갔는데 저 가고 사장님이랑 다른 분들 새벽 5~6시까지 있었던 것 같더라구요ㅋㅋ…

어제 새로운 친구들 챙기고 얘기하느라 승훈 씨를 못 챙겼네요ㅠ 주정강화 와인도 그렇고 스윗와인도 그렇고 찝찔한 단맛 안 나고 맛있었어요! 전 술도 총 1.5잔인가? 2잔 정도밖에 안 마셨어요…ㅋㅋㅋㅋㅋㅋ 아 맞다 그리고 오늘부터 가디건 만들기 시작해 봅니다. 도저언!!'

'아하 화이팅입니다! ㅎㅎ새벽 5시까지라니… 사장님도 2001 빈티지 주정강화 와인은 좋아하시더라구요 ㅋㅋ 어제 모처럼 만에 생동감 있는 회식 재밌었습니다ㅋ'

'그러게요 차분하다가 시끄러운 회식이라니ㅋㅋㅋㅋ 전 둘 다 좋지만 소수의 주류시음과 차분한 게 더 좋네요ㅋㅋㅋㅋ

'ㅋㅋ저도 가끔은 시끄러운 회식도 좋긴 하지만 차분한 게 더 좋긴 해요 ㅎㅎ'

'그죠ㅋㅋ 담주 목 되면 충대병원 같이 가 주세욥'

'네 됩니다ㅎㅎ'

'에옙!!'

그녀는 지난번 아픈 것 때문에 2~3달에 한 번씩은 충남대학교병원에 다니고 있었다. 원래대로라면 몇 달 전에 이탈리아 현지를 경험하러 갔다 왔어야 하나 갑자기 몸이 안 좋아지는 바람에 가지 못한 것에 대한 아쉬움이 늘 느껴졌기에 대중교통을 불편해하는 그녀를 위해 예전부터도 병원 갈 때 함께 가고 싶었지만, 먼저 말하기가 조심스러워서 가만히 있다가, 이번에 먼저 부탁해서 함께 가게 되었다.

예약을 하고 가는 것이지만, 통상적으로 기다리는 시간이 다소 걸리기에 보통 가는 길에 점심을 먹는다고 해서 브리또를 하나 사서 가기로 했다.

식으면 맛이 없을까 봐 시간 맞춰 사서 가려고 그녀에게 카톡을 했다.

'점장님~ 오늘 병원 몇 시 예약이에요?'

'세시 반까지네용. 직원이 2시 50분에 온다니까 50분에도 저 나갈 수 있어요! 50분 되시면 그쯤까지 부탁드려도 될까요 ㅎㅎㅎ'

'아 네네~!! 2시 50분까진 충분히 갑니다ㅋ 저 CU 앞에 있을게요~!! 나오실 때 전화 주시면 제가 매장 앞으로 가도 됩니다~!'

'네 이따가 연락드릴게요!'

오랜만에 충남대학교병원에 가는데, 생각보다 길이 막혔다. 다행히 예약 시간에는 늦지 않게 도착했고, 무인 기계에서 접수를 한 뒤에 진료 장소로 이동했다.

진료실이 여러 개가 있었고 기다리는 사람들도 은근히 많았다. 기다리는 시간 동안 진료실 내에서 환자가 의사와 약 처방 문제로 다투는 소리도 들렸지만 결국 조용히 나오는 환자의 모습과 상태가 정말 좋지 않아 보이는 사람들의 모습을 보며, 그녀는 그나마 평범하다는 것에 조금이나마 위안을 삼게 되었다. 한 30분 정도 기다린 뒤에 진료실로 들어갔고, 10분도 지나지 않아 나왔다.

그녀가 고개 숙이며 인사했다.

"감사합니다."

"아닙니다~ 의사분이 뭐라세요?"

"조금 나아졌다고, 일단 약 조금씩 줄여 본다고 하시네요."

"아 다행이네요…"

진료 후에도 전과 같은 기계에서 수납과 처방전을 받은 뒤 약국으로 향했다. 병원 앞에는 수많은 약국들이 줄지어 있어서 어느 약국으로 가야 할지 막막했는데, 그녀가 전에 갔던 약국의 위치를 알려 줘서 그곳으로 갔다. 약을 지어서 나오는 길에 왠지 그녀가 힘이 없어 보였다.

"오늘 고생 많으셨어요… 약 끊으실 때까지 제가 모시고 올게요!"

"에이 승훈 씨가 고생하셨죠… 감사합니다. 아 혹시 다음 주 금요일 낮에 시간 되세요?"

"네 됩니다. 무슨 일이세요?"

"메뉴판 뽑으려고요"

"새로운 메뉴 생기나요?"

"네. 라자냐 새로 하게 됐어요"

"아 맛있겠다… 그러면 브레이크 때 맞춰서 가면 될까요?"

"네네."

"알겠습니다. 혹시 모르니까 메뉴판 디자인 보내 주시면 오타 있나 미리 볼게요~"

"네 이따가 보내 드릴게요!"

맥주와 와인 메뉴판에는 오타가 몇 개 있었는데, 인쇄하러 가는 길에 말씀드렸더니 노트북으로 금방 고치셨다. 가는 길에 종이 파는 가게에서 메뉴판에 사용할 종이를 구입한 후 인쇄하는 곳으로 이동했고, 인쇄소에서 그녀와 직원이 종이 재질과 프린팅 기법에 대해 제법 전문적인 대화를 나누는 것을 보고 역시 대단하다는 것을 느꼈다.

며칠 뒤 오랜만에 그녀와 잠시 카페 타임을 갖는데 다소 풀이 죽은 모습이 눈에 띄었다.

"무슨 일 있으세요?"

"무슨 일은 없는데, 매장에 있으면 제가 작아져 보이는 것 같네요."

"에이 점장님이 있으니까 매장이 돌아가는 건데 무슨 말씀이세요~"

"사장님 보면 늘 무언가 도전하시면서 성취하시고 그러는데, 저는 제자리인 것 같아요."

"음 그럼 새로운 것에 도전해 보는 것 어떠세요?"

"새로운 거 어떤 거요?"

"음 예를 들어 와인 시음대회? 이런 거요… 제가 한번 찾아서 보내 드릴게요!"

"감사합니다. 아 이제 들어가서 쉬어야겠어요…"

"네 가시죠."

그녀의 기를 살려 줘야겠다는 생각으로 폭풍 검색 후 카톡을 했다.

'내년에 KWTC(코리아 와인 테이스팅 챔피언십) 이거 도전해 보시죠!! 올해는 접수가 끝난 ㅠㅠ 점장님도 1등 가즈아! ㅋㅋ 그리고 바리스타 대회도 있네요!!'

'저 장관상 탈 때 모든 운 다 쓴 것 같은데 ㅋㅋㅋㅋㅋ'

'오 장관상도 타셨었어요?'

'네네 고딩 때 전국 과학전람회 대회 1등 해서 환경부 장관상 탔습니다. 그거 때문에 2년은 대학교 실험실 다니며 논문 쓰기 바빴죠'

'이야 ㅋㅋ 그동안 또 노력해 왔으니 또 타실 수 있을 겁니다 ㅎㅎ'

'그래서 성적 떨어졌지만 다행히 1등 한…ㅋㅋㅋ'

'ㅋㅋ대단하십니다ㅋ 올해 한번 도전해 보셔요~!!ㅎㅎ'

'네 근데 예전부터 제가 대회 나가는 얘기 몇 번 했었는데, 사장님이 바리스타 대회는 대기업 자본으로 움직인다고 개인이 따는 건 거의 불가능이라시더라구요. 그래서 그냥 접었었어요'

'ㅋㅋ사장님이 불가능이라고 했는데 올해나 내년에 1등 하면 인정해 주시려나ㅋ'

'안 그래도 얼마 전에 저 커핑대회 연습하는 사람들 인터뷰 봤는데 1년 넘게 훈련 중이더라구요ㅋ 한번 알아볼게요'

'그럼 1년간 한번 준비해 보시죠ㅎㅎ'

'ㅎㅎㅎㅎㅎㅎ 승훈 씨는 제 그림책 지지자 아니었나요 ㅋㅋㅋㅋㅋㅋ'

'ㅋㅋㅋ 그렇죠ㅋ 그림 최근에 그린 거 없나요?ㅋ 그림책 지지자보다는 점장님 지지자가 맞을 겁니다 ㅎㅎ 6시에 출근하시려면 얼른 좀 쉬세요~!!'

'네 자려구요ㅠㅎㅎ 그림은 그리면 보낼게윱'

하루하루를 이렇게 열심히 사는 모습을 보고 자신을 다시 한번 반성하게 되었다.

집에 와서 그녀의 기분을 좋아지게 할 만한 것이 뭐 없을까 생각해 보다가 그녀가 예전에 그렸던 수많은 그림들로 굿즈를 만들기로 했다.

그녀의 인스타그램에는 그림들이 상당히 많이 있었는데, 그 그림들을 조화롭게 배치하여 에코백에 프린팅할 디자인을 만들었고, 내일 보여 주면 좋아할지도 모른다는 기대감에 설렜다.

다음 날 매장에 가 보니 그녀가 아픈 모습이 역력했다.

"혹시 어디 다치셨어요?"

"어제 저녁에 잠깐 삐끗했는데 계속 아프네요. 이따가 병원 가 보려구요"

"아 이런…"

"잘하는 곳 있대요? 제가 모시고 갈게요!"

"가까운 병원 갈 거라 괜찮아요. 말씀만이라도 감사합니다."

아픈데도 평소처럼 일해야 하는 상황이 안타까웠지만, 대신 열심히 서빙하는 것밖에 도와드릴 것이 없었다.

브레이크 타임이 되자 고개 숙여 인사하고 나가는 그녀의 뒷모습에 마음이 아파서 2시간 후 즈음 문자를 보냈다.

'병원에서는 뭐래요? 내일 점심때에도 빡세게 도와드리겠습니다!'

1시간 정도 지나서야 답장이 왔다.

'ㅠ이제 끝났어요ㅋㅋㅋㅋ'

'오래 걸렸네요ㅠ 어떻대요? 걸으면 안 된다거나 그런 건 없죠?ㅠㅠ'

'네네 아 햄스트링이 나간 거래요 완전 파열은 아니고… 진짜 찢어지는 소리 났거든요ㅋㅋ'

'아아.. 이런ㅠ 당분간 조심해야겠어요ㅠ'

'네 무리하면 안 낫는다고ㅜ 무리하지 말라는데 어케 무리를 안 하지?ㅋㅋㅋㅋ'

'ㅠㅠ 그러게요… 혹시 점심 안 드셨으면 몸보신할 겸 같이 드실래요?'

'와… 좋아요ㅜ'

'삼계탕 or 오리 백숙 중 고르시면 됩니다~! 아 옻닭도 있어요. 오기 30분 전에는 주문해 놓으래요ㅋㅋ 고르시면 알려 주세요ㅎㅎ'

'옻닭 먹어요!'

'네~ CU 쪽에 가 있을게요~!!'

옻닭은 처음 먹어 보는데, 옻 알레르기가 있는 사람들도 있다고 해서 조금 걱정되기는 했지만 4인분은 되어 보이는 양을 둘이서 맛있게 거의 다 먹었다.

다 먹을 때 즈음 어제 디자인한 그림을 보여 주면서 에코백에 적용된 이미지도 보여 주니까 생각보다 반응이 좋았다.

"와 이거 예쁜데요… 바빠서 굿즈는 생각만 해 보고 못 했는데, 첫 굿즈겠네요!"

"좋아하시니까 저도 기분 좋네요"

"혹시 그 이미지 원본들 좀 보내 주실 수 있으세요?"

"네 보내 드릴게요~~ 가방은 내일이나 토요일에 올 듯합니다. 도착하면 제가 갖다드릴게요"

"히힛 좋아요!"

다음 날 가방이 왔는데, 예상보다 훨씬 이뻤다. 20개 중 10개 정도 챙겨서 매장으로 갔다.

마침 손님이 별로 없어서 바로 가방을 보여 줬다.

"와 정말 예쁘네요. 감사해요!!"

"그죠… 업체에서 보내 준 예상 사진보다 실물이 훨씬 낫더라구요. 아까 뜯어 보고서는 '야 이거 대박이다'라고 혼잣말을…"

"잘 쓰겠습니다. 아 기분이 좋아졌어요."

"다행입니다."

다음 날 아침에 모닝커피를 내리고 있는데 카톡이 울린다.

'가방 너무 잘 쓰고 잇어요 ㅋㅋㅋ 이게 큰 게 맘에 안 드는 게 아니라 자꾸 너무 열려서 제 짐이 많아서 위에 똑딱이나 찍찍이 달려구요 ㅎㅎ'

'아 그렇구나 ㅠㅠ 잘 쓰시고 모자라면 말씀하세요 ㅎㅎ'

'모자랄 리가 없쥬 ㅎㅎㅎㅎ'

'아 그리고 다리는 좀 어떠세요?'

'무리하지 않으면 걸을 때 통증 없어요 ㅎㅎㅎㅎㅎ'

'아아 나아지셔서 다행이네요ㅠㅠ 브레이크 때 푹 쉬시구요~!! 나중에 또 시간 되시면 같이 점심 먹어요 ㅎㅎ'

'좋아요!!!!!!!!!!!!'

조금 밝아진 듯한 카톡에 기분이 좋았다.

창밖을 보니 어느새 단풍이 빨갛게 물들고 있었다.

문득 점심 식사 후 맛있는 커피 한 잔이 땡겨서 매장에 왔는데, 드립 커피 메뉴 중에 딱 내 스타일 같은 드립 커피가 눈에 띄어서 드립 커피와 아메리카노 한 잔 주문했다.

"브라질 빈할 누텔라 이거 딱 제 스타일일 것 같아요! 이거랑 아메리카노 한 잔 주세요"

역시 메뉴판에 써 있는 대로 좋아하는 향과 맛이 났다. 커피를 한 모금씩 마시면서 시 한 편을 썼다.

같은 커피잔에 담긴
비슷한 맛
비슷한 향
커피 두 잔이
지친 마음을 달래 준다

두 잔 뿐이기에
커피가 식어 감에 따라
커피 향에 스며드는
슬프게도 행복한 시간

한 모금 마시기 주저한다

며칠 전부터 그녀는 부활 콘서트 가는 것으로 들떠 있었다. 하지만 그 시간에 일할 직원이 부족해서 걱정인 것 같았다.

웬만해서는 주말에는 쉬려고 했지만, 이번만큼은 몇 시간 정도만 그녀를 대신해서 있으면 될 듯해서 부탁하면 승낙해야겠다는 생각을 하고 있는 찰나에 주문한 커피를 들고 그녀가 무언가 부탁하려는 듯한 미소를 지으며 왔다.

"저 혹시 내일 저녁에 몇 시간만 알바 가능할까요?"

"내일이요? 음 주말이라… 한번 봐야 하는데 몇 시쯤요?"

"6시 정도부터 최대 아홉 시? 콘서트가 언제 끝나는지를 몰라서…"

"음… 그냥 내일만큼은 콘서트 갔다 올 때까지 제가 있을 거라고 생각하시고 마음 편히 다녀오세요~~ 경험이 부족하지만 누구보다 매장을 위하는 마음으로 빡세게 일하고 있겠습니다."

"말이라도 너무 감사하고 정말 다 감사하네요. 아마 안 바쁠 거예요!! 4일 연휴에 축구 있어서. 그래도 흔쾌히 허락해 주셔서 감사해요. 저녁 알바가 너무 못해서 걱정했는데 다행이에요."

"오랜만에 힐링하고 오세요~"

저만치에서 기쁜 얼굴로 일하는 모습을 보니 보통이면 쉬고 있을 주말에 몇 시간 일해야 한다는 부담감이 물거품처럼 사라졌다. 혹시나 콘서트가 기대보다 못하면 어쩔까 하고 걱정도 되긴 했지만, 다행히도 정말 만족스러웠다고 했다.

벌써 11월 중순으로 접어들었다. 다시 그녀와 함께 병원 가는 날이 하루 앞으로 다가왔다. 이번에 만약 상태가 좋아졌다고 판단될 경우 약을 끊을 수도 있다고 해서 그런지 기대 반 아쉬움 반이었다. 병원에 제시간에 도착하려면 3시에는 출발해야 하는데, 2시에 일정이 생겨서 딱 맞게 갈 수도 있을 것 같아서 미리 연락했다.

'내일 2시에 목원대에서 세미나 하는데 와 달라고 해서, 잠시 갔다가 3시까지 매장 근처로 갈게요~!! 병원 가면서 드실 거 땡기는 거 있으면 알려 주세요~~'

'더베이커 빵 먹고 싶어요 어제부터 빵 먹고 싶엇는데, 파이룸 쉬는 날이고 오씨또는 빵 솔드아웃이래서 ㅋㅋㅋ 못 먹엇어용,,, 아.. 근데 사진 보니까 샌드위치 맛잇겟네요'

'아 그러셨구나ㅠ 그럼 더베이커 빵과 샌드위치 사 갈게요 남으면 저녁에 드세요 ㅎㅎ'

'치킨텐더 샐러드 1개 먹구 에그마요, 단호박크림치즈 중에 먹을래요!!! 그냥 하나만 사용 귀찮아요! 샌드위치 매장으로 하자요'

'네 알겠습니다~~'

'전 방금 11시 출근 고딩이 생리 때문에 못 간다고 연락 와서 멘붕ㅋㅋㅋ 진짜 개념이 없나 봐요. 저 이따 연락드릴게요 출근 준비'

'네~!!'

차에 타서 그동안의 일들을 흥미진진하다는 듯 신나는 목소리로 얘기하는 그녀의 모습을 보니 예전에 비해서 확실히 상태가 좋아진 게 느껴져서 오늘이 함께 병원 가는 마지막 날이 될 수도 있다는 생각에 조금 아쉽기도 했지만, 샌드위치를 맛있게 먹으면서 블루투스로 폰을 연결해서 좋아하는 노래를 들으며 흥얼거리는 그녀의 모습에 오랫동안 먹어 왔던 약을 끊을 수 있다면 그 또한 행복한 일이라고 생각했다.

병원에 거의 다 도착할 때 즈음 샌드위치를 다 먹은 그녀가 다소 아쉬워하는 목소리로 말했다.

"만약 약 끊게 되면 이런 시간이 없다는 게 좀 아쉽네요… 흠…"

"괜찮아요, 점장님 컨디션만 좋으면 2주에 한 번 정도는 카페 타임 가질 수 있습니다."

"아아 좋아요. 히힛."

예상대로 더 이상의 약 처방은 없다고 했고, 그녀가 근처 카페에서 약 끊은 기념으로 커피와 디저트를 샀다.

며칠 뒤 늘 불안정했던 알바를 대체할 만한 홀 직원들이 구해져서 알바도 완전히 그만두게 되었고, 얼마 전 들어왔던 주방 직원도 날로 실력이 향상되어 새로운 메뉴들도 출시했다. 늘 조금 불안정했던 매장이 안정을 찾아가는 것이 느껴졌다.

그녀는 캐릭터 저작권 등록을 받은 뒤 마스킹 테이프, 지비츠 등 다양하게 굿즈를 제작해서 매장에 진열되는 종류가 계속 늘어났다. 그동안 바빠서 시도를 하지 못했던 새로운 도전을 하게 되어서 그런지 요즘따라 기분이 좋아 보였다.

드디어 이제껏 참아 왔던 궁금증을 풀면서 그녀에게 감사의 마음을 전해 주려고 변함없이 기댈 수 있는 곳이라는 의미를 가진 나무 모양의 골드바 선물도 사고, 시 한 편도 썼다.

때로는 화려한 가벼운 말로
기분 좋게 해 주고 싶을 때가 있어도

늘 길지 않게 조심히 한마디 전하며
변함없는 모습 전하려 하지요

아 어쩌면 벙어리가 더 낫겠어요

스쳐 가며 했던 사소한 한마디가
기분 나쁘게 들리지는 않았을지
걱정하지 않아도 되니까요

하지만 오늘만큼은 한마디 해야겠어요

수년간 고생한 당신,
고생 많았고
앞으로도 평생 아껴 줄게요

Part 6 Amore a Parigi (2025)

대전, 날씨 : 비

언제부턴가
당신을 행복하게 하는 것이
인생의 목표가 되었습니다.

　새로운 일을 시작하고 나서도 때때로 시간 될 때 매장에 가서 일 도와주면서 새로운 홀 직원들과도 친해졌고, 직원이 언제 그만두더라도 그 빈자리를 채울 정도가 되었다. 지인들과의 약속들도 대부분 에드네틀라에서 잡다 보니 어떤 때에는 집보다도 더 친숙하고 편한 장소가 되었다.

　오늘따라 아침부터 이슬비가 조금씩 내리는데 〈사요나라 이츠카〉라는 영화를 보다가 문득 그녀가 떠올라서 오늘은 결코 물어봐야겠다는 결심을 하고 집 근처 꽃집에서 장미 100송이를 사서 차 뒷자리에 놓고 선물과 시가 적힌 편지지를 갖고서 매장에 가니 낮 직원이 반갑게 맞아 줬다.

　메뉴판을 보니 새로운 임페리얼 스타우트가 있어서 콰트로 포르마지 피자와 함께 한 병 주문했다. 점심때 단체 손님 예약이 몇 팀 있어서 지금 주문해도 한 시 조금 넘어서야 나온다고 해서 우선 바에서 커피 한 잔 마시면서 기다리기로 했다.

　열두 시가 지났는데 그녀는 아직 출근하지 않았다. 직원한테 물어보고 싶었지만 비 내리는 날치고는 이상하게 붐볐다. 한 시 조금 넘어서 피자와 맥주가 나왔는데 물어볼 시간도 없이 직원은 새로 들어온 손님들을 응대하러 갔다.

　오후 두 시 반쯤 되어서야 빈자리가 몇 군데 생겼다. 사장님이 힘들어하시는 모습으로 다가오셨다.

"에고 피곤해 보이시네요."

"응. 오늘은 보통 때 패턴이랑 안 맞아… 낮부터 어쩐 일이여?"

"아 오늘 비도 오고 해서 한잔하려구요~ 점장님은 안 계시네요? 혹시 무슨 일 있으신지…"

"연락 못 받았어?"

그때 카톡이 울렸다. 사장님이 카톡 확인하라는 듯한 표정을 지으시고 가셨다. 그녀의 카톡이었다.

'승훈 씨~!! 저 와인 배우러 이탈리아로 일 년간 가게 되었어요. 미리 못 말씀드려 죄송해요ㅠㅠ 며칠 전에 정말 좋은 제안이 들어와서 어제 갑자기 정해진 일이라… 가족들 말고는 승훈 씨한테 제일 먼저 말씀드려요!'

너무 당황스러웠지만 원래 가려다가 몸이 안 좋아서 못 갔던 적도 있고, 그녀의 미래를 위해서는 좋은 기회라고 생각하니 그나마 위안이 되었다.

'아 그래요? 언제 가시나요?'

'오늘 저녁 7시 11분 비행기로 가요!ㅠㅠ'

'와 대박… 이렇게 갑자기ㅠㅠ 몇 번 자리예요?'

'31A네요'

'아 그렇구나 구름 잘 보이겠네요... 전 창가 자리가 좋던데...'

'네 저도요! 아... 멀미 때문에 좀 잘게요'

'네~!! 늘 응원합니다 ㅎㅎ'

카톡은 아무렇지 않은 듯 보냈지만, 그녀의 빈자리는 이루 말할 수 없었다. 붐볐던 자리가 한산해질 즈음 여유롭게 한 잔 마시는 임페리얼 스타우트가 평소라면 정말 맛있었을 텐데 오늘은 마실수록 공허함만 늘어갔다.

문득 시 한 편이 떠올라 만년필 전용 노트에 적었다.

그늘진 의미 없는 삶의 마무리에
그대를 만나,

그대의 행복한 모습이 좋고
함께하는 모든 게 좋은데도

그런 그대를 바라보며 문득
이번 생이 마지막일까 봐
죽음이 두려워지곤 합니다

만약 다음 생이 있다면,
다음 생에서는 그대가
내 삶의 일부가 아닌
전부였으면 좋겠습니다

잔을 다 비울 때 즈음 카톡이 울렸다.
'승훈 씨 안녕하세요 이제 공항 거의 다 와 가네요. 그동안 감사했습니다. 낯선 파리와 대전에서 함께여서 행복했어요. 인연이라면 다시 만나겠죠'
바로 전화를 했지만 이미 꺼져 있는 상태였다.
'아… 예상은 했지만 어떻게 이럴 수가…'
이렇게 아쉬워할 시간도 아까웠다. 아직 그녀는 공항으로 가는 버스 안에 있을 것이었다. 재빨리 여행사 번호를 찾아 전화를 했다.

"안녕하세요. 여행사죠? 혹시 오늘 저녁 7시 11분에 인천에서 이탈리아 가는 비행기 자리 아직 있는지 알 수 있을까요? 빨리 좀 부탁드립니다."

"네 알아보고 연락드릴게요"

한 십 분쯤 흘렀을까 여행사에서 연락이 왔다.

"안녕하세요. 딱 한 자리 남아 있는데 예약해 드릴까요?"

"네 부탁드립니다. 결제 바로 할게요."

"네 문자로 링크 보내 드릴 테니 결제 부탁드립니다. 결제 확인 후 카톡으로 항공권 내역 보내 드리겠습니다."

"네 감사합니다."

급한 마음에 달려 나가 차에 시동을 걸었다.

마침 링크가 와서 결제를 하니 5분이 채 지나지 않아 카톡이 왔다.

'이승훈 님 안녕하세요 예약하신 항공권 정보입니다.

대한항공 로마행 PM 7:11 E707 일반석 31B'

순간 멈칫했다.

'그래 이건 운명이야…'

집에 들러서 짐도 챙길 시간도 없이 유성IC로 가서 고속도로에 진입했다.

혹시나 하는 마음에 그녀에게 전화를 했다.

'전원이 꺼져 있어 음성 사…'

'조금만 기다려요. 내 소울메이트'

평소와 달리 냉각수 온도가 70도를 채 넘기도 전에 5단 기어로 엑셀을 깊게 밟자 차가 놀랐는지 움찔하다가 내 마음을 알아차린 듯 고속도로 위를 질주한다. 라디오를 키니 Depapepe의 'Ready! Go!!'라는 곡이 나오는

Part 6 Amore a Parigi (2025)

데 그녀의 옆에서 'Start'를 들었던 순간이 문득 오버래핑되었다.

인천, 날씨 : 맑음

어느새 인천대교 앞에 다다랐다.

오늘따라 엔진소리가 이상하게도 무척이나 경쾌하다.

'이제 저 다리만 건너면 점장님 아니 효정 씨 옆자리에 앉아 함께 이탈리아로 날아갈 수 있다.'

인천대교 톨게이트 진입 직전에 경찰들이 검문 중에 있었다.

'낮부터 뭐지? 누가 도망쳤나.'

검문을 위해 차를 세우고 창문을 내렸다.

"음주 단속 중입니다. 세게 '후' 하고 불어 주시기 바랍니다."

세게 불자 단속기에서 경보음이 울렸다.

"다시 한번 불어 주세요"

다시 불어도 역시 경보음이 울렸다.

"술 드셨나요?"

"아니… 아 아까 점심에 맥주 딱 한 병 마셨어요."

"일단 내려 주세요. 저쪽으로 가서서 다시 한번 측정 부탁드립니다."

'젠장… 이럴 시간 없는데.'

이런 내 마음을 아는지 모르는지 저만치서 현장 총괄 경찰관으로 보이는 사람이 느릿느릿 걸어왔다.

"안녕하세요. 물 좀 드시고 조금 있다가 다시 한번 측정하도록 하겠습니다."

"하… 지금 그냥 다시 하면 안 될까요?"

경찰관이 고민을 하는 표정을 잠깐 짓는데, 세월의 흔적이 느껴지는 무전기에서 아까 그 검문했던 경찰의 목소리가 끊기며 들려온다.

"차… 차 어떻게… 합니까?"

"뭐? 잠깐 옆쪽으로 대 놔."

"저…저 그…게 수…동이라 어렵…습니다."

"이런… 알겠어 내가 갈게. 저기요 여기서 잠시만 기다려 주세요."

"금방 오시는 거죠? 급한 일이 있어서."

경찰관이 내 말을 들은 체 만 체 저만치 가 버렸다. 삼십 분 정도 흘렀을까… 저만치에서 그 경찰관이 느릿느릿 걸어온다.

"죄송합니다. 저도 수동을 몰아 본 지 워낙 오래돼서 운전할 줄 아는 직원 부르느라 좀 걸렸네요."

"괜찮아요. 얼른 측정해 주세요."

"네."

측정 결과 훈방 조치에 그쳤다.

무전기로 그 경찰관이 외친다.

"아까 그 수동 승용차 훈방 조치다!"

"저 가도 되는 건가요?"

"네, 앞으로는 술 마시고 운전하지 마세요. 어디 가시나요?"

"인천공항이요"

"음… 다른 데에서도 단속하니깐 조심하세요."

"네"

시계를 보니 다섯 시 오십분을 지나가고 있었다.

'아… 갈 수 있으려나.'

다시 서둘러 엑셀을 밟자 차가 기다렸다는 듯이 반응한다.

성수기 때라 그런지 인천공항에는 사람들이 너무 많았다. 비행기 티켓 발권 후 보안검색대를 지나가던 찰나에 시계를 보니 7시 21분이었다. 유리창 너머로 유난히 밝은 파란빛 아래 비행기가 너무 힘차게 날아오르는 모습이 원망스러워 보였다.

'그래 인연이라면 다시 만나겠지…'

다음 로마행 비행기는 1시간 반 뒤에 있다고 했다.